LISA WEEDA wurde 1989 geboren und ist eine niederländisch-ukrainische Schriftstellerin, Drehbuchautorin und Virtual-Reality-Regisseurin. Die Ukraine, das Heimatland ihrer Großmutter, steht oft im Mittelpunkt ihres Werks. Ihr Debütroman »Aleksandra« sorgte für Furore und begründete Lisa Weedas Rang als europäische Erzählerin.

BIRGIT ERDMANN studierte Kunstgeschichte und Niederlandistik und war anschließend Mitarbeiterin der Kulturabteilung der Niederländischen Botschaft in Berlin. Seit 2010 arbeitet sie als freie Übersetzerin, sie übersetzte bereits Lisa Weedas Debütroman »Aleksandra« ins Deutsche.

Der *Svaboda Samoverzjenja* ist ein traditioneller Tanz, mit dem man Menschen zum Leben erwecken kann. Die *schlechten Toten*, all jene, die zu früh von uns gegangen sind. Wir können es von der alten Baba Yara lernen, sie macht es vor, wir müssen nur hinschauen. Doch in diesem bösen Märchen, in das sich unsere Zeit verwandelt hat, sehen die Menschen lieber weg. Denn so lebt es sich leichter, auch wenn die Welt zugrunde geht. – Hier setzt Lisa Weedas hellsichtiger Roman ein, der unsere Kriegsmüdigkeit anklagt und das Tanzen feiert: Denn Tanz kennt keine Sprache, kennt keine Grenzen. Es braucht nur Körper, die sich bewegen.

»Lisa Weeda raubt einem den Atem mit diesem scharfen Blick auf unsere eigene, echte, hässliche Welt.«

*NRC Handelsblad*

# Lisa Weeda

# tanz tanz revolution

Roman

AUS DEM NIEDERLÄNDISCHEN
VON BIRGIT ERDMANN

kanon verlag

Die Originalausgabe erschien 2024 unter dem Titel
*Dans dans revolutie* bei Uitgeverij De Bezige Bij,
Amsterdam.

Der Verlag dankt der Niederländischen Literaturstiftung
für die Förderung der Übersetzung.

**N**ederlands
letterenfonds
dutch foundation
for literature

ISBN 978-3-98568-108-2

1. Auflage 2024
© Kanon Verlag Berlin GmbH, 2024
Covergestaltung: Moker ontwerp / mokerontwerp.nl,
Adaption für die deutsche Ausgabe: Ingo Neumann / boldfish.de
Herstellung: Daniel Klotz / Die Lettertypen
Satz: Ingo Neumann / boldfish.de
Druck und Bindung: Pustet, Regensburg
Printed in Germany

www.kanon-verlag.de

Lisa Weeda
*Tanz, tanz, Revolution*

»Der Krieg tötet mit den Händen der Gleichgültigen.«

Halyna Kroek
Aus dem Gedicht »Met Europa op de achtergrond«

»Ja, all die Jahre waren wir im Urlaub, und zwar nicht, weil wir von nichts wussten oder nicht hätten genauer hinsehen oder hinhören können – es gab genug Stimmen, die laut um Hilfe baten –, sondern weil all diese ›Konflikte‹ weit genug von unserer Wohlstandsgesellschaft stattfanden, weil uns unsere Sicherheit und das russische Gas wichtiger schienen als die fremden ›kriegerischen Auseinandersetzungen‹. Wir waren im Urlaub, weil wir längst das Geld zur wichtigsten Ideologie erklärt und unseren Wohlstand über jedes Leid gestellt haben.«

»Der Urlaub des Westens ist vorbei«

Nino Haratischwili
DIE ZEIT, 9. März 2022

# TONI

## ZWEIEINHALB JAHRE NACH DEM KRIEG IN BESULIA

◍

In Stadtvierteln wie diesem dauert es am längsten: Bis hier jemand das Gartentor öffnet oder überhaupt mal ein Auto mit getönten Scheiben vorbeikommt, vergeht mindestens eine Viertelstunde. Toni spürt ihre Blicke. Verstohlen beobachten sie ihren Wagen, auf dem in dunkelblauen Buchstaben BODY-PICK-UP-SERVICE steht. Aus den Einfamilienhäusern, versteckt hinter langen Auffahrten und den regelmäßig, doch vergebens bewässerten Rasenflächen, starren die Bewohner durch die Gardinen auf ihr Auto: »Wo ist wohl dieses Mal eine aufgetaucht?«

Toni setzt den Fuß auf das Gaspedal und fährt langsam durch die hügeligen Straßen. Vor zwei großen Häusern hält sie an und nimmt das Fernglas zur Hand – ein Geschenk ihrer Mutter, als sie zu Besuch war: »Du hast es zu Hause doch immer so geliebt, Vögel zu beobachten.« Das Ding hatte eine Weile auf der Kommode im Wohnzimmer gestanden, bis es sich als Staubfänger entpuppte, Toni es in eine Schublade geworfen und erst vor Kurzem wiedergefunden hatte. Jetzt kommt es ihr gelegen. Mit einer Hand noch am Lenkrad, stellt sie das Fernglas scharf und schaut auf ein weißes Haus mit blauen Fensterrahmen, Nummer acht. Hier soll sie einen toten Besulianer abholen. Toni zoomt die Fenster im ersten Stock heran, ein Finger mit Titanring schiebt die cremeweiße Gardine ein paar Zentimeter zur Seite.

»Herrschaftszeiten, was für Unannehmlichkeiten«, murmelt sie missmutig, »ihr seid eben doch nicht einzigartig. Ob reiche Vororte, Viertel mit haufenweise Müllsäcken auf dem Bürgersteig, ein Penthouse mitten in der Stadt – den Leichen ist das piepegal.«

Tonis Mutter taucht auf dem Beifahrersitz auf und späht nach draußen. Ihre Brüste hängen weit nach vorn, die Brustwarzen pressen durch BH und Blümchenbluse gegen das schwarze Kunstleder des Handschuhfachs.

»Beim Tanzen ist es auch egal, ob du reich bist oder arm«, sagt die Mutter, »tanzen kann jeder, aber hier schämen sie sich anscheinend dafür.«

»Mam, ich arbeite.«

»Na und?«

Toni brummt und beißt sich auf die Innenseite ihrer Wange, eine Angewohnheit aus Kindertagen.

»Ich suche mir diese Momente nicht aus, Mädchen«, sagt die Mutter und seufzt. »Der Tod macht, was er will. Das weißt du doch.«

»Solange du still bist, wenn ich die Leiche abhole. Ich weiß nämlich nicht, ob die Toten dich vielleicht sehen können.«

Ihre Mutter lehnt sich zurück und verschränkt theatralisch die Arme. Toni stützt sich mit den Ellbogen auf das Lenkrad, das Fernglas immer noch vor den Augen.

»Na, komm schon«, flüstert sie, »ich habe nicht den ganzen Tag Zeit. Ich bin müde.«

In den Body-Drop-Off-Centern ist heute mehr los als sonst, hat Toni im Morgenbriefing gelesen. Eine Umfrage hatte ergeben, dass die Menschen das Ganze nach zweieinhalb Jahren satthatten. Sie hatten ihr Leben, ihren Alltag auch ohne den ganzen Zirkus zu bewältigen. Zum ersten Mal seit Langem hat Toni so etwas wie Verzweiflung gefühlt. Das Gefühl, das sie über ein Jahr erfolgreich unterdrückt hatte, ist mit einem Mal wieder hervorgekommen, wie üblich irgendwo zwischen ihren Brüsten oder knapp darunter, als würde man sie mit einem stumpfen Gegenstand attackieren. Ich tue etwas ganz und gar Unmenschliches, hat sie gedacht, erst habe ich im Keller einer bescheuerten Firma gesessen und jetzt bin ich noch tiefer gesunken – das Gehalt stimmt, aber was ist mit meiner Würde?

Unter der Dusche hat sie am Morgen weinen müssen und danach hat sie eine halbe Ewigkeit nackt vor dem Spiegel gestanden.

»Ich habe Papa und Mama Märchen erzählt«, hat sie geschimpft, »ich bin ein versteinerter Baum. Ich blühe nicht, verliere keine Blätter. Das Leben ist hier kein Stück besser.« Als ihr die Mutter wieder erschienen ist und sie streng angesehen hat, hat sie das Badezimmer verlassen.

»Beklage dich nicht«, hat sie geflüstert, »du hast eine schöne Wohnung, du hast Arbeit, wahrscheinlich noch für lange Zeit. Du hast jede Menge Geld gespart, bald kannst du zurück in unser Dorf.«

Als Mitarbeiter für den Body-Pick-Up-Service gesucht wurden, hatte sie keine Sekunde gezögert. Sie hatte die Nase voll von der Büroarbeit, die sie seit ihrer Ankunft vor sechzehn Jahren erledigte. Die Stelle beim Body-Pick-Up-Center erschien ihr dagegen nobel: Leichen der Kriegsopfer aus Besulia einsammeln und aufbewahren, bis sie irgendwann wieder zum Leben erweckt werden würden.

Nach einem kurzen Auswahlverfahren – nur ein Online-Fragebogen – bekam Toni sofort die Stelle.

Verfügen Sie über einen Führerschein der Klasse B oder C?
   ○ JA
   ○ NEIN

Haben Sie Angst vor Toten?
   ○ JA
   ○ NEIN

Sind Sie emotional dazu imstande, Leichen bei den jeweiligen Leichenspendern abzuholen und abzutransportieren?
   ○ JA
   ○ NEIN

Sind Sie vorbestraft?
   ○ JA (laden Sie die entsprechenden Dokumente am Ende des Fragebogens hoch)
   ○ NEIN

Bitte unterzeichnen Sie die folgenden Erklärungen:
   ○ Hiermit erkläre ich, dass mir Leichen nichts ausmachen.

○ Hiermit erkläre ich, die Leichen beim zuständigen Body-Drop-Off-Center abzuliefern.

○ Hiermit erkläre ich, dass ich unter keinen Umständen illegalen Handel mit Leichen betreiben werde.

○ Hiermit erkläre ich, den Toten bei den täglichen Gedenkfeiern die letzte Ehre zu erweisen.

○ Hiermit erkläre ich, dass ich bei diesen Gedenkfeiern niemals den *Svaboda Samoverzjenja* tanzen werde.

Das Bewerbungsverfahren war derart einfach, dass sie es kaum glauben konnte. An ihrem dritten Arbeitstag, während des abschließenden Gedenkens für den neuesten Schwung aus der Diaspora der Toten, an dem alle diensthabenden Leichensammler teilnahmen, hörte sie, dass die Fragebogen noch kürzer und einfacher geworden waren: Es war schwer, Mitarbeiter zu finden. Das Personal bestand vorwiegend aus Arbeitsmigranten.

»Der Tod ist für alle hier eine Katastrophe«, schimpfte der Kollege, der sich nach der Gedenkfeier als Kaspar vorgestellt hatte. »Menschen anderswo empfinden es irgendwie als normaler, das Sterben, die Leichen, das Leben nach dem Tod und so weiter. Du kommst doch auch nicht von hier, oder?«

»Nein«, antwortete sie, »aber ich lebe hier schon lange.«

»Erzähl mal«, sagte er. »Willst du ein Bier?«

Sie gingen hinüber ins Hauptgebäude, und er zauberte mit lässigem Lächeln vier Dosen Bier aus der Kühlbox mit dem DNA-Material. Damit gingen sie zum Totenfeld Nummer vierzehn. Am Feldrand standen in den letzten Strahlen der untergehenden Sonne zwei weiße Schalensessel.

»Meine Großeltern liegen im Garten meines Geburtshauses«, sagte Toni, nachdem sie sich hingesetzt hatten. »In den Bergen. In unserem Dorf gibt es einen Friedhof, na klar, aber mein Opa wollte nicht weg von dem Haus, das er mit eigenen Händen gebaut hatte.«

»Ehrlich?«, sagte Kaspar. »Das würden wir hier total makaber finden, verrückt sogar! Als die Leichen aus Besulia hier plötzlich auftauchten, dachte ich: Könnte man allen, die vor ihrer Zeit den

Löffel abgeben, neues Leben einhauchen, wer würde das nicht wollen? Das wär doch ein Traum! Aber nein, so war's nicht.«

Toni nickte. »Ich verstehe das auch nicht«, sagte sie. »Ach, und mein Vater liegt da auch schon.«

»Wo?«

»In unserem Garten.«

»Ah, ja.«

»Er ist gestorben, kurz nachdem ich hierhergezogen bin. Ich habe ihn nur noch ein einziges Mal besucht. Das ist jetzt fünfzehn Jahre her. Ich war einundzwanzig.«

»Und deine Mutter?«

»Auch tot. Seit sechs Jahren. Ich muss sie noch beisetzen, dort im Garten. Ich hatte noch keine Zeit.«

»Keine Zeit, um nach Hause zu fahren? Wo kommst du denn her?«

»Upasi. Südlich von Besulia. Kennst du es?«

Kaspar ließ seine Bierdose in der Hand rotieren und nahm einen Schluck.

»Claudia, meine Frau, hat einen Weinführer über Upasi.«

»Wir haben die besten Weine«, sagte Toni.

Sie schauten auf das riesige Gräberfeld. In der Ferne lag die Skyline der Stadt: Bürohäuser, das Parlamentsgebäude, Banken, moderne Wohntürme, die im orangegelben Sonnenlicht glitzerten. Toni nahm einen Schluck Bier und dachte an den ersten Morgen zurück, an dem sie in dem Body-Pick-Up-Servicewagen durch die Stadt fuhr, auf dem Weg zu ihrer ersten Leiche. Über den jungen Teenager, irgendwo in einer blitzblanken Wohnung in der Innenstadt, geriet sie in Panik, aber nicht, weil sein Brustkorb und Hals mit Granatsplittern gespickt waren, und auch nicht, weil sein junger Körper schon so steif wie ein Brett war. Das war im Gegenteil praktisch: Sie konnte ihn einfach auf die Sackkarre hieven. Nein, in Panik geriet sie bei dem Gedanken, dass sie, wenn sie diese unmenschliche Arbeit je aufgeben sollte, nur eine Stelle bekäme, die noch weiter unter ihrem Niveau liegen würde. Ist doch egal, dachte sie, im Grunde bin ich doch, genau wie der tote Junge, nicht allzu viel wert.

Im Badezimmer, in dem ein älteres Ehepaar ihn gefunden hatte, übergab sie sich in die Badewanne.

»Verzeihung«, murmelte sie und bereute ihre Gedanken sofort. »Ich sollte die Klappe halten, die Menschen behandeln dich doch eh wie ein Stück Scheiße.«

Nachdem sie das Erbrochene weggespült und sich das Gesicht mit einem weichen Handtuch mit gestickten Initialen abgewischt hatte, redete sie, wie sie es häufig tat, streng auf sich ein. Ein Mantra der Body-Pick-Up-Schulungsbroschüre: »Es handelt sich um nichts anderes als Objekte, Retourware. Nicht daran denken, dass es Menschen sind, dann geht die Arbeit leicht von der Hand.« Sie lud den Jungen in den Wagen und wiederholte den restlichen Tag: »Straße entlangfahren, Leiche abholen, Fragen stellen, abrechnen, unterschreiben, einladen, kennzeichnen, weiterfahren.«

Eine Woche nach ihrer ersten Leiche verlief es schon besser, Monate später machte es ihr fast nichts mehr aus. Gelegentlich stieg die Wut in ihr hoch: Wie schwer kann es sein, hatte sie dann gedacht, einen traditionellen Tanz zu tanzen, um jemandem sein Leben zurückzugeben?

»Erinnerst du dich noch an die ersten Leichen hier? Und die ersten Tanzzeremonien?«, fragte Kaspar, als könnte er ihre Gedanken lesen.

Toni nickte und kniff die Augen zusammen. »Zuerst der Blackout, danach die Zügellosigkeit, und am Ende der große Zusammenbruch. Den fand ich eigentlich am Gruseligsten.«

Sieben Monate nach Kriegsausbruch in Besulia, ein Land, das kaum jemand kannte und dessen Krieg nur kurz durch die Nachrichten geisterte, tauchten mit einem Mal die ermordeten Menschen unter Esstischen, neben Designsofas und in Betten auf. An vollkommen beliebigen Orten waren die Leichen von einem auf den nächsten Moment da.

»Wir sind verflucht«, sagte eine Frau im Fernsehen, eine Personalleiterin bei einem renommierten IT-Unternehmen. Nach der Arbeit kam sie nach Hause, wollte sich das Gesicht waschen. Als sie sich umdrehte, lag in ihrer Badewanne plötzlich eine Leiche: ein älterer Mann in einem gestreiften Hemd und ordentlicher Hose, an den Füßen violette Pantoffeln.

Die Leichen erschienen in immer kürzeren Abständen in Fitnessstudios, Bibliotheken, Wohnungen, Kommunen, Schwimmbädern, Wochenendhäusern, Workspaces von Existenzgründern, Einkaufszentren, Ateliers, Museen, Großhandlungen. Nach der ersten Welle der Überraschung, der anfänglichen Angst, kam es zu einer eigenartigen Aufregung. Sieben Monate zuvor, als der Krieg in Besulia für kurze Zeit die Weltnachrichten beherrschte, hatte die junge Besulianerin Anna einen Hype ausgelöst, indem sie die Weltbevölkerung um Hilfe bat. Das Internet war voll von ihren Videos: »Tanzt«, sagte sie mit ihren stechenden, dunkelbraunen Augen, den vollen Lippen, der hübschen kleinen Nase und den strengen dunklen Augenbrauen. »Tanzt und rettet uns.«

Toni schaute sich damals alle Videos von dieser Anna an. Schon zu Kriegsbeginn verfolgte sie aufmerksam die Ereignisse. Die ersten Tage fühlte sie sich in die Vergangenheit zurückkatapultiert, zurück in ihr eigenes Land, aus dem sie vor langer Zeit geflohen war. Urplötzlich war es damals losgegangen, eines Abends hörten sie hinter den Bergen Schüsse, in der Nacht kamen die Raketen. Von ihrem Schlafzimmerfenster aus sah Toni die weiß aufleuchtenden Lichtstreifen. Granaten flogen durch die Luft und stürzten irgendwo in der Ferne mit einem dumpfen Knall zu Boden. Tagelang saß sie zusammengepfercht mit ihren Freundinnen im Keller ihrer Eltern, umringt von den feucht riechenden Kartoffelkisten, Rübensäcken und Einweckgläsern mit Paprika, Eiern, Tomaten und Blumenkohl. Sie war müde, konnte aber nicht schlafen, sie war hungrig, konnte aber nichts essen.

Als sie auf Annas Videos die erbarmungslosen Angriffe auf Besulia sah, beschlich sie ein lang verdrängtes Gefühl, ein Gedanke, der sie damals, in dem feuchten Keller ihrer Eltern, mit jedem Tag stärker überwältigt hatte: Niemand hilft uns.

Die Hilfe, um die Anna in den Videos bat, schien nicht allzu kompliziert: »Ihr braucht nicht zum Kämpfen kommen«, sagte sie.

»Spenden sind nicht nötig, und wir wollen auch keine Waffen. Ihr müsst nur für uns tanzen. Unseren traditionellen Tanz, den *Svaboda Samoverzjenja*. Helft uns, das Böse zu vertreiben.« In den ersten Tagen, in ihren ersten Filmen, lächelte sie freundlich. Doch je näher die feindlichen Soldaten auf das Dorf vorrückten, desto mehr verschwand der Glanz aus ihren Augen. Und wie begeistert sie ihren Followern auch zuredete, etwas in ihrer Stimme war gebrochen, die Augen stumpf. Anscheinend gelang es ihr nicht, genügend Menschen zusammenzutrommeln, etwas *hakte* zwischen ihrem Aufruf und den Empfängern.

Mit einem tiefen Seufzer lässt Toni das Fernglas sinken. Das dauert ihr hier zu lang. Unter den Kollegen ist die Gegend dafür bekannt: »*Elitäres Volk*. Sie ertragen es einfach nicht, dass die Leichen auch bei ihnen landen.«

Gerade als sie den Außenlautsprecher einschalten will, um Haus Nummer acht aufzurufen, öffnet sich langsam das Gartentor. Ein schlaksiger Junge erscheint in der Auffahrt. Unter seiner kurzen Hose lugen zwei milchig weiße dünne Beine hervor.

»Fuck, warum bist du käseweiß, wo die Sonne doch so verdammt grell ist?«, murmelt Toni.

Er winkt ihr irgendwie seltsam zu: den Arm hoch zum Himmel, die Finger weit gespreizt, als wolle er einen geheimen Gruß überbringen. Kurz überlegt sie, ob sie durch den Lautsprecher »Na, was bist denn du für einer?«, sagen soll. Doch sie spürt seine Angst und lässt es sein.

»Was hast du für mich?«, fragt sie, als sie aussteigt.

»Sie sind vor drei Wochen aufgetaucht«, sagt er.

»Sie? Mehrere?«

Der Junge nickt. »Zwei. Sie lagen in der Garage, der eine im Auto meiner Oma, die andere auf Papas Werkbank.«

»Das habe ich ja noch nie erlebt.«

»Ich glaube, sie gehören zusammen«, flüstert er.

Das Garagentor geht auf. Ein Mann mit einer Schubkarre tritt in die gleißende Mittagssonne. Über dem Rand baumeln vier Beine. Der Junge fängt zu heulen an.

»Wir wissen einfach nicht mehr weiter. Ich habe meine Freunde hergebeten, jeden Abend, jedes Wochenende. Wir haben getanzt, genau wie in den Videos.«

Der Mann fährt mit der Schubkarre die Auffahrt entlang. Ganz vorsichtig, beinahe zeremoniell: ein Schritt, Schubkarre vorwärts, kurz anhalten, wieder ein Schritt, Schubkarre vorwärts. Bis er neben seinem Sohn steht, vergehen bestimmt drei Minuten. Die Schubkarre ist ausgepolstert mit bunten Kissen. Darauf: zwei Kinder. Ihre Gesichter sind blutverschmiert und voller Schrammen und blaugrüner Flecken, als wären sie aus Bronze und hätten Grünspan angesetzt.

»Granaten?«

»Wie bitte?«, fragt der Mann mit heiserer Stimme. Die Äderchen in seinen Augen sind geplatzt. Im Türrahmen des Hauses erscheint ein schlanker Mann im Bademantel. In seinen Pantoffeln kommt er auf sie zu.

»Ja«, sagt er, als die Schubkarre erreicht, »Granaten. Wir haben es nachgeschlagen.«

Der Junge schaut von den Kindern zu Toni.

»Vor drei Tagen, morgens, da haben wir geglaubt, dass eines der Kinder den Arm bewegt hat. Wir haben die ganze Nacht durchgetanzt.«

»War aber nicht so. Wir waren einfach übermüdet.«

»Er träumt immerzu von ihnen.« Der Mann im Bademantel legt die Hand auf den Kopf des Jungen, der wieder zu weinen anfängt. Die beiden Männer nehmen ihn in ihre Mitte.

»In einem anderen Viertel hätte es vielleicht geklappt.«

»Wo?«

»Na ja, in so einem Viertel mit mehr ... Community? Wo man sich gegenseitig mehr hilft? Wie da drüben ... bei den schmucken Wohnblöcken.«

Der Mann deutet nach links über die Hügel zu dem Viertel, in dem Toni wohnt. Sie runzelt die Stirn. Ich wohne in so einem Wohnblock, will sie sagen, aber ich kenne kaum Nachbarn.

»Können Sie die Kinder nicht dorthin bringen?«

Toni sieht die Männer lange an. Anderen Familien ist es doch auch gelungen, denkt sie. Die haben tagelang getanzt, wochenlang, fast ununterbrochen, und es hat geklappt.

»Da hätten Sie sich schon selbst drum kümmern müssen, das wissen Sie doch. Steht alles in der Bestätigungsmail. Es gibt noch drei Gemeinden im Land, in denen man sich die Mühe macht, tagein, tagaus. Aber die nächste ist drei Stunden entfernt.«

»Oh«, macht der Mann im Bademantel mit gespielter Überraschung, »entschuldigen Sie, das haben wir wohl überlesen.«

»Kann passieren«, antwortet Toni. Sie betrachtet noch einmal die beiden toten Kinder und läuft dann zum Wagen.

»*Das haben wir wohl überlesen*«, äfft Toni den Mann nach, als sie die Tür zuzieht. »Was für eine Frechheit.« Sie fährt ein Stück auf die Straße und setzt rückwärts in die Auffahrt. Sie öffnet die Heckklappen, auf die sie letzte Woche einen großen, runden Sticker geklebt hat: ein dunkelblauer Kreis mit einem offenen weißen Sarg darin, aus dem orangefarbenes Licht scheint. Daneben liegen Apfelsinen. Den Sticker hat eine junge Besulianerin in ihrem zweitem Leben entworfen. Sie leitet eine Kampagne für die kostenlose Behandlung von Kriegstraumata. Immer mehr Auferstandene schließen sich ihrer Bewegung an, die Gruppe wächst mit jedem Tag. Seit Kurzem haben sie auch eine große Gruppe, die bei den Body-Drop-Off-Centern vorbeikommt, um die Menschen auf den Gräberfeldern wach zu tanzen – eine Entwicklung, die vier Besulianer vor anderthalb Jahren begonnen haben.

»Ich muss Sie das fragen: Sie geben das Tanzen also auf?«

Der Mann im Bademantel nickt. »Was denken Sie denn, warum Sie sonst hier sind?«, sagt er schroff. »Wieviel kriegen Sie?«

»Fünfhundertdreißig.«

»Ich dachte fünfhundertzehn?«

»Erhöhte Bearbeitungsgebühren, *Emotional Labor*, Totengräber, Wagenreiniger, DNA-Erkennungsdienst.«

Der Mann zieht seine Kreditkarte aus der Bademanteltasche und sieht Toni an.

»Bevor Sie bezahlen, müssen Sie offiziell bestätigen, dass Sie das Tanzen aufgeben«, sagt sie.

»Ich gebe auf.«

»Wir können nicht mehr«, sagt auch der andere Mann.

»Du auch?«, fragt Toni den Jungen, obwohl das nicht nötig wäre.

»Muss das sein?«, knurrt der Mann im Bademantel.

»Ja, leider«, sagt Toni trocken.

Der Junge weint und weint.

◐

Die Kinderleichen sind das Schlimmste. Das ist nun einmal so, tote Kinder wühlen die Menschen auf: seltsam verrenkt auf der Straße, den Kopf in einer Blutlache. Angeschwemmt am Strand. Eingeklemmt unter Trümmern. Neben einem frischen Granatenkrater auf dem Spielplatz. Mit einem Kopfschuss auf einer staubigen Straße. Absichtlich von einem Panzer überfahren, unterernährt, ausgezerrt und verdurstet in einer Wüste.

Wenn Kinderleichen im Fernsehen oder im Internet gezeigt werden, hält die Welt den Atem an, steht das Leben für eine Sekunde still, setzen Gedanken und Bewegungen aus, vielleicht sogar die Zeit: Millionen Menschen, die gleichzeitig erstarren und sich dasselbe Grauen anschauen. Nur für einen Sekundenbruchteil, eine *split second*, denken alle: Warum sind wir nicht vor Ort und verhindern so etwas? Wenigstens ging es Toni immer so, und sie dachte, allen anderen müsse es ebenso ergehen. Seitdem sie nicht nur Erwachsene, sondern auch besulianische Kinder abholt, sieht sie die Dinge anders. Viel zu schnell denken die Leute: Die haben dich einfach abgeschlachtet. Oder: Ich habe dir das nicht angetan. Oder: Hey, was hätten wir denn tun sollen, als es losging? Dahin fahren? Uns vor dich stellen? Mit bloßen Händen Minen ausbuddeln? Zurückschießen?

Toni fährt auf den Parkplatz des Body-Drop-Off-Centers und lässt den Motor laufen. Sie öffnet die Heckklappen und klettert in den Laderaum. Auf den zwölf Pritschen liegen dreizehn Leichen. Die beiden Kinder liegen nebeneinander, der Junge auf dem Rücken, das Mädchen auf der Seite, dicht bei ihm, den Arm um seinen Bauch geschlungen. Toni tut der Rücken weh. Sie betrachtet die beiden Kinder. Kaspar kommt aus dem Büro. Er schiebt einen fahrbaren Seziertisch vor sich her. Das Ding rattert wie verrückt über das graue Kopfsteinpflaster, als würde man einen Kübel Alteisen durcheinanderrütteln. In ihrer ersten Arbeitswoche fragte sich Toni, wozu es einen Seziertisch brauchte: Wollten sie etwa die Leichen aufschneiden und die Zellen untersuchen, um herauszufinden, wie sie hierhergekommen waren und somit das Geheimnis der sogenannten »*Diaspora des Todes*« lüften?

»Quatsch«, hatte Kaspar gesagt. »Es mangelt einfach an Rolltischen, um die Leichen zu transportieren.«

»Ich habe mir schon online deine Registrierliste angesehen. Ganz schön viel Fracht heute«, ruft Kaspar jetzt nahezu vergnügt. Er schaut mit seinem lieben breiten Lächeln in den Transporter. Als er die Pritsche mit den zwei Kindern sieht, verzieht er den Mund.

»Oh.«

»Tja.«

Kaspar schaut kurz auf die Uhr.

»Wenn du früher Schluss machen willst, kann ich das übernehmen.«

»Nein, nein.« Sie winkt ab. »Geht schon.«

Schweigend laden sie, eine nach der anderen, die Leichen aus: den Toten hochheben, vorsichtig auf den Seziertisch legen, in den Waschraum fahren und in ein freies Fach legen. Normalerweise redet Kaspar dabei wie ein Wasserfall, nun schweigt er. Er spielt nicht einmal das Spiel, das bei fast allen Mitarbeitern sehr beliebt ist: Woher kommt die Leiche? An der einen Wand des Waschraums, wo die Toten flüchtig gesäubert werden und das Blut von Haut und Haar entfernt wird, hängt eine Landkarte von Besulia mit seinen sieben Provinzen. Und daneben eine ausgedruckte Liste: Links trägt man die frisch eingetroffenen Toten ein und rechts die Provinz. Die diensthabenden Kollegen raten, woher die Toten kommen. Nach der DNA-Untersuchung in einem Nebenraum, bei der bei vierzig Prozent der Toten ermittelt werden kann, woher sie stammen, wird der Wochengewinner ermittelt. Jede Woche wird ein Sieger gekürt. Der bekommt dann einen Kuchen oder ein Bier, je nach dem, wer es ist. Am Monatsende wird der Gesamtsieger ausgerufen. Kaspar hat noch nie gewonnen, Toni auch nicht. Sie spielt nicht mit.

Die Kinder sind die letzten.

»Zusammen«, sagt Toni kurz angebunden, als sie mit dem Jungen im Arm aus dem Transporter steigt. Sein Kopf ruht an ihrer Schulter, als wäre er unterwegs eingeschlafen und müsste jetzt ins Bett getragen werden. Er hat lange blonde Wimpern.

»Was?«

»Die beiden müssen zusammenbleiben. Schau nur, wie sehr sie sich ähneln.«

Sie legt den Jungen vorsichtig auf den fahrbaren Seziertisch, lang ausgestreckt, Arme ordentlich neben dem Körper.

»So«, sagt sie und richtet auch die Finger, einen nach dem anderen, auf dem kalten Metall aus.

»Das ist schön«, sagt Kaspar sanft, steigt in den Wagen, um das Mädchen zu holen. Er legt sie neben ihren vermeintlichen Bruder, mit den Füßen an seinem Gesicht. Danach macht er das, was Toni gemacht hat: Arme gerade, Beine lang ausgestreckt, Finger aufgefächert. Toni schließt die Heckklappen und stellt den Motor ab. Sie fahren die Kinder ins Gebäude, Toni schiebt, Kaspar legt seine großen Hände sanft auf die Kinderbäuche und sichert so. Im Waschraum legt Toni die beiden zusammen in ein Fach, wie schon im Transporter und auf dem Seziertisch. Als würde sie die Blumen arrangieren, die sie samstags auf dem Markt kauft: Sorgsam verschiebt sie Arme und Beine, bis sie ordentlich liegen. Kaspar sitzt auf einem Waschtisch und wartet, bis sie fertig ist. Toni tritt einen Schritt zurück, betrachtet die Kinderkörper, geht wieder nach vorn, legt die Haare des Mädchens adrett auf eine Seite, tritt wieder zurück.

»Ja, so«, sagt sie.

Kaspar schaltet das Licht aus. Nur die Klimaanlage summt noch.

◐

»Was meinst du, kommen die beiden Kinder in ein Grab, oder in zwei?«, fragt Kaspar auf dem Parkplatz. Er ist schon mit einem Bein in seinem Auto, sein Arm liegt oben auf der Fahrertür. »Ein tieferes Loch? Übereinander? Oder breiter, Seite an Seite? Zwei Gräber, nebeneinander?«

Toni umklammert in ihrer Hosentasche den Schlüssel. Die Zacken bohren sich in ihre Haut.

»Schon seltsam, dass wir hier kein separates Kinderfeld haben«, sagt Kaspar.

»Wer hat nächste Woche Dienst?«, fragt Toni.

»Ich nicht, Claudia und ich fahren für zwei Wochen ans Meer. Die *Shifts* hängen am schwarzen Brett.«

»Stimmt ja. Okay«, sagt sie.

»Ich bringe dir eine Flasche Wein mit, ja? Wenn Claudia dort einen guten findet.«

»Prima.«

Toni schaut Kaspars Kombi hinterher. Er biegt um die Ecke, fährt hinter dem Body-Drop-Off-Center entlang und verschwindet zwischen den Wohntürmen der Vorstadt. Sie öffnet die Tür, setzt sich in ihr Auto und drückt den Startknopf. Der Motor springt an, das Radio dröhnt.

»›–Was soll man machen? Die Leute wollen zurück zu ihren alten Arbeitsplätzen. Glugla, eine bunt zusammengewürfelte Tanztruppe aus den Nachbarländern von Besulia, hat es in den ersten Monaten der ›Diaspora der Toten‹ geschafft, Hunderte Menschen gleichzeitig zum Leben zu erwecken. Zusammen mit jeder Menge wild tanzender Freiwilliger, die nach einem halbstündigen Intensivkurs zwei, drei Stunden um die Toten herumtanzten. ›Es war eine magische, aber finstere Zeit‹, sagt Blaga, der Leiter der Kompagnie – und nun zu den Staumeldungen. Auf der B1 Richtung Hauptstadt geht nach einem Unfall mit einem LKW nichts mehr. Verletzte gibt es nicht. Der Laster ist umgekippt und –«

Toni stellt das Radio aus und drückt noch einmal den Startknopf. Der Motor geht aus.

»Fuck«, sagt sie, steigt aus und läuft zurück.

»Entschuldigt«, sagt sie im Vorübergehen zu den erwachsenen Toten. »Ich kann mich nicht um alle kümmern. Wärt ihr in meiner Wohnung aufgetaucht, ich hätte für euch getanzt.«

Sie geht zu den beiden Kindern. Die Flecken in den Gesichtern sehen im grellen Neonlicht seltsam aus, viel blauer als noch am Nachmittag. Toni schaut sich nach der Überwachungskamera um.

»Zuerst dein Bruder«, sagt sie, »und dann du.«

Behutsam nimmt sie den Jungen in die Arme und trägt ihn zum Auto. Auf der Rückbank positioniert sie den kleinen Körper so, bis der Junge nur zu schlafen scheint: die Knie zusammen, Füße leicht nach innen gedreht, Arme schlaff am Körper, Kopf schief. Als der Sicherheitsgurt um seinem Brustkorb und Bauch liegt, geht sie das Mädchen holen. So ganz allein in dem Metallfach sieht es noch kleiner aus als vor einer halben Stunde, als Kaspar es hier abgelegt hat.

»Komm«, sagt Toni und hebt es hoch. »Wir wollen versuchen, dich wieder nach Hause zu bringen.«

◖

Tonis Nachbar Michael, er wohnt zwei Stockwerke höher, steht mit einer jungen Frau vor der Haustür. Er lacht und lacht und wippt auf den Fußballen auf dem glänzenden Treppenabsatz.

»Gib's auf, Mann, sie kommt nie mit dir nach oben«, sagt Toni. Sie sitzt schon dreizehn Minuten im Auto und wartet, bis die Luft rein ist.

»Schade, dass das Fernglas noch im Transporter liegt.« Sie stützt das Kinn auf das Lenkrad, kneift die Augen zusammen, versucht auszumachen, ob er nicht bald anfängt, sich unbehaglich zu fühlen, oder so einen eigenartigen Blick bekommt, wie, als sie bei ihm zu Hause eine Leiche abholen musste.

Das war vor einer Weile gewesen. An einem ruhigen Tag, an dem sie herumfuhr und auf neue *Body-calls* wartete, wurde sie plötzlich zu ihrer eigenen Postleitzahl gerufen. *Leiche einer Frau, alt*, stand in der kurzen Anweisung, *vor drei Tagen aufgetaucht*.

»Die ist, na ja, fünfundsiebzig. Was meinst du?«, sagte Michael, nachdem er sie hereingelassen und ins Gästezimmer geführt hatte. »Eine Oma, oder so. Könnte natürlich auch sein, dass der Krieg die Menschen rasend schnell müde und alt macht. Das habe ich schon mal irgendwo gehört. Was denkst du?«

Toni schaute nicht auf die Frau, sondern auf seine Hände. Er hatte sie nervös in die Hosentaschen gesteckt. Kurz zuvor hatte er ihr heiter die Tür geöffnet, doch als er Toni erkannt hatte, war er kreidebleich geworden.

»Äh, musst du nicht außerhalb deines eigenen Bezirks arbeiten?« »Personalmangel«, hatte Toni gebrummt.

Seit Jahren liefen sie sich von Zeit zu Zeit über den Weg, sie und der Nachbar. Er grüßte selten. Einen Monat nach ihrem Einzug hatte er sie gefragt, ob sie die neue Putzfrau sei. Scherzhaft mit dem schweren Akzent ihres Landes, der so oft in Filmen parodiert wurde, hatte Toni ihm geantwortet, dass die Mafia ihr hier eines der größten Lofts gekauft habe.

»Ich habe was zu erledigen«, hatte sie gesagt und ihre Hand in eine Pistole verwandelt, langsam Zeige- und Mittelfinger auf ihn gerichtet und eine imaginäre Kugel auf seine Stirn abgefeuert.

»Puff«, hatte sie trocken gesagt. »Nein, ich putze nicht. Du schon? Dann vergiss die Ecken nicht.«

Er hatte sie nie wieder angesprochen. Manchmal ein Nicken, das war's. Danach hatte er den Blick sofort zu Boden gerichtet, auf die Briefkästen oder die rot umrandeten Knöpfe im Fahrstuhl.

Die alte Frau lag seltsam verdreht auf der glänzenden moosgrünen Tagesdecke. Das Gästebett war schmal, vielleicht war es für jemanden entworfen, der sich nicht bewegt. Michael nahm die Hände aus den Hosentaschen und klatschte wie ein Mental-Health-Coach in die Hände.

»Na, wie packen wir das Ganze jetzt an, Frau Nachbarin? Nur keine Scheu?«

Sie atmete tief ein, unterdrückte den Drang, gegen das Bett zu treten, und schaute ihm direkt in die Augen. Genau in diesem Moment erschien ihre Mutter in der Tür.

»Mädchen, für manche ist um Hilfe zu bitten gleichbedeutend mit Gefahr«, sagte sie, »wer weiß schon, wen man sich ins Haus holt. Die Leute rechnen eher mit dem Teufel als mit aufrichtiger Freundlichkeit.«

Toni nickte, wandte den Blick von ihrer Mutter ab und sah wieder Michael an.

»Wusstest du, dass es Menschen gibt, die einen doppelten Körper haben?«, fragte sie. Sie dachte an den schönen Holztisch in der Küche ihres Hauses in Upasi. Die Sonne scheint herein, es duftet nach einer herzhaften Suppe, die schon seit Stunden vor sich hin köchelt. Michael, die Hände noch immer vergnügt aneinandergepresst, sah sie mit leerem Blick an.

»Was?«

»Zwei Seelen. Zwei Herzen, zwei Gebisse«, flüsterte Tonis Mutter. Toni sagte die Worte laut. Das traurige Gästezimmer mit dem Einzelbett und der toten Frau darin verflüchtigte sich. Mit einem Mal saß Toni ihrer Mutter in der großen Küche gegenüber, in der wie immer die duftenden Tomatenkisten standen und Knoblauchzöpfe an den Wänden hingen. Der gewebte Wollteppich lag auf dem Tisch, der raue Stoff verhakte sich mit ihren Armhärchen, der Deckel vom Instantkaffee lag auf der Fensterbank. Das Fenster stand offen, der Blümchenvorhang flatterte im Wind und verfing sich manchmal im Fensterrahmen. Ihre Mutter sperrte den Mund auf, zeigte Zähne und Zunge, schloss die Augen, redete, es klang, als kämen ihre Worte aus einer anderen Welt.

»Deine Ururgroßmutter hatte eine Freundin, die mit winzig kleinen Zähnen geboren wurde. Wirklich winzig und dazu hellblaue, fast weiße Augen, weiß, wie zerstoßenes Eis auf einem zugefrorenen Fluss. Die Mutter des Mädchens heulte, als das Kind in ihre Arme gelegt wurde und sie diese Zähnchen sah. Besonders, wenn das Mädchen weinte, leuchteten sie, als würde der Mond auf sie scheinen. Als hätte ihr jemand, der die Dunkelheit vertreiben will, Kerzenstummel in den Mund gesteckt. Keine der anderen Mütter aus dem Dorf brachte Blumen oder Brot vorbei. Niemand wagte es, die Geburt des Kindes zu feiern. Stundenlang stand die Mutter am offenen Fenster und rief, dass von ihrer Tochter keine Gefahr ausgehe.

›Wie kannst du dir so sicher sein?‹, rief eine der Frauen eines mittags zurück, ›bestimmt werden wir bald alle sterben‹.

Der Fluss hatte vor vielen Jahren eine Geschichte über ein weißäugiges Mädchen in das Dorf getragen, das vor Dutzenden Ernten weit weg in den Bergen geboren wurde. Sie hatte drei winzige Zähne im Mund, zwei oben und einen unten. Die Mutter erkrankte nach der Geburt und starb bald darauf. Eine Amme, die sich um das Kind kümmerte, bekam hohes Fieber und rannte nachts im Delirium schreiend über die schmalen Bergpfade aus dem Dorf, als liefe sie vor etwas davon. Andere stürzten sich in den Fluss.

Ihre Leichen wurden nie gefunden, auch nicht weiter unten im Tal. Nach sieben solcher Vorfälle und noch mehr Dorfbewohnern mit hohem Fieber beschloss die Dorfälteste Stara, das kleine Kind drei Nächte auf dem Berggipfel unter den heiligen Baum zu legen. Dort war das Mädchen nicht mehr von starken Erwachsenen beschützt und mit dem Teufel allein. Der Teufel würde sich bald langweilen und sich davonmachen. Und das stimmte. Das Böse verschwand, doch das Dorf war in tiefer Trauer. Noch nie hatte man in so kurzer Zeit so viele geliebte Menschen verloren.

Du kannst dir also vorstellen, warum alle im Dorf deiner Ururgroßmutter Todesangst vor diesem Kind mit weißen Augen und Geburtszähnen hatten. Aber die Stara des Dorfs wusste Rat: ›Wir wollen versuchen, unserem Schicksal zu entgehen‹, rief sie eines Morgens der jungen Mutter zu, die wie immer am offenen Fenster stand, das Baby im Arm.

›Deine Tochter werden wir nicht unter unseren ältesten Baum auf dem Berggipfel legen, da würde sie nur aufgefressen. Ich glaube nicht an solchen Humbug. Vielleicht ist es der Teufel selbst, der derartige Geschichten in unsere Wälder bringt und über unsere Flüsse führt. Wir wollen etwas anderes machen.‹

Sie winkte ein paar der Dorfbewohner zu sich, die schon eine Weile zögernd in ihrer Nähe auf dem staubigen Weg standen.

›Na kommt schon, kommt her zum Gartenpfad.‹

Die Mutter wickelte ihr Kind in ein weißes Tuch mit blauem Pferdemuster und trat zum ersten Mal seit Wochen aus dem Haus. Sie spürte den sanften Wind in ihren Haaren. Das Kind kniff wegen der grellen Sonne die Augen zusammen.

Vor der Gartenpforte versammelten sich mehr und mehr Menschen. In den Händen hielten sie jeweils ein Häufchen Salz. Der Holzfäller schaffte Brennholz herbei und machte im Nu ein Feuer auf dem Sandweg, der sich durch das Dorf schlängelte.

›Bereit?‹, fragte die Stara.

Die Dorfbewohner nickten. Sie schlossen die Augen. Immer wieder nahmen sie eine Prise Salz und rieben sich damit über die Augenlider, den geschlossenen Mund, das Herz und den Bauchnabel.

Danach streuten sie das Salz ins Feuer. Das Baby sperrte die Augen auf und heulte. Die Mutter fühlte, wie das Kind in ihren Armen zitterte, hielt es fest umschlossen und beruhigte es. Die Dorfbewohner gingen, nur die Stara blieb stehen, bis das Baby aufhörte zu weinen.

›Und jetzt hoffen wir mal das Beste‹, sagte sie.

In den Monaten danach wurden die Augen des Mädchens erst hellgrün, dann grün, bernsteinfarben und schließlich dunkelbraun, fast schwarz. Einige der Dorfbewohner atmeten erleichtert auf, obwohl noch immer Zweifel die Runde machten: Vielleicht hatte das Mädchen ja zwei Körper, vielleicht war nur etwas ausgetauscht.

Jahrelang ging alles gut. Das Mädchen behielt ihre braunen Augen, und ihre Eltern bekamen keine weiteren Kinder mehr. Manchmal geschahen allerdings seltsame Dinge: Staras Katze erhängte sich versehentlich selbst, als sie hinter einem Hasen hersprang und ihr Hals in eine Schlinge geriet. Ein Pferd machte bei einem Ritt durch die Berge einen Fehltritt und brach sich das Bein. Es waren kleine Kümmernisse, die die Dorfbewohner kurz durchlebten, aber bald wieder vergaßen.

Das Böse schien das Dorf nicht einnehmen zu können, der Teufel schien weit entfernt zu sein, bis zu dem Silvesterfest, als das Mädchen inzwischen siebzehn Jahre alt war und sich auf die Feier freute. Schon seit Wochen bereitete sich das Dorf auf die große Nacht vor: Man wählte Kartoffeln mit den wenigsten Dellen aus und brachte sie ins Dorfhaus, wo man sie in Holzkisten unter heilige Tücher legte. Eine gesunde alte Kuh wurde zum Schlachten ausgesucht. Man mahlte Getreide und siebte es fein, die Dorfbewohner mahlten und mahlten, bis sie meinten, den Wind in den Händen zu halten. Die Stara besorgte im Nachbardorf Salz, der Bauer sammelte die größten Eier auf. Die jungen Mädchen kämmten jeden Morgen ihr langes Haar, damit sie es so glänzend wie möglich flechten konnten, die Kinder schlüpften heimlich in die traditionell bestickten Hemden und Kleider, um schon einmal zu üben. Und der Holzfäller wanderte stundenlang im Tal durch den Wald, auf der Suche nach drei starken Bäumen, aus denen er schöne Holzblöcke hacken könnte. Das Feuer der Silvesternacht sollte lange brennen.

Alles verlief reibungslos, bis er beim Moor ausrutschte und mit der Hand geradewegs auf seine Axt fiel. Die Axt war so scharf, dass er sich zwischen seinem rechten Mittel- und Ringfinger einen tiefen Schnitt zuzog. Ein Schnitt, so gerade wie zwei fabelhaft zugeschnittene Leinenstücke, die nur noch zusammengenäht werden müssen, um sich nahtlos aneinanderzufügen. Die Wunde verlief bis zur Mitte seiner Handfläche, wo eine tiefe Falte seine Hand in zwei Hälften teilte.

Eine Weile betrachtete er verwundert seine Hand. Ihm war, als würde er einen verwundeten Vogel festhalten, der von einem blutrünstigen Tier angegriffen worden war. Der Vogel lebte, aber nicht mehr lang: Das Tier hatte ihn im Wald angefallen, sich bald gelangweilt und ihn zurückgelassen, damit er qualvoll und einsam sterben würde. Der Holzfäller betrachtete den Vogel, der seine Hand war, die Linien in seiner Handfläche, die Linien, die er manchmal frühmorgens bei einer Tasse Tee auf seiner Veranda studierte. Gelegentlich war seine Handfläche dann ein Gebiet voll reißender Flüsse. Die tiefen Furchen und schmalen Striche, die wie Bäche von den Flüssen abzweigten, füllten sich nun mit Blut. Einen Moment meinte er, über dem Waldboden zu schweben. Irgendetwas versuchte ihn an seinen Halswirbeln nach oben zu ziehen und ihn aus seinem Körper zu zerren. Bald würden seine Knochen und seine Haut und die Muskeln nur noch eine Hülle sein, in der eine andere Seele hauste. Der Holzfäller wollte die Hand zur Faust ballen, doch sein kleiner Finger und der Ringfinger spielten nicht mit. Im Wasser des Moors bildeten sich Kreise. Er schrie vor Schmerzen. In der Ferne sprang ein Hirsch durchs Dickicht. Ein Eichhörnchen wetzte einen Baum hinauf. Das Wasser straffte sich, als wäre die oberste Schicht abgeschnitten worden. Der blaue Himmel spiegelte sich darin. Das Moor war plötzlich ein großes blaues Loch inmitten der dunklen Bäume. Das Loch zog ihn magisch an: *Dir wird nichts passieren, komm nur, komm.*

›Nein‹, sagte er und legte sich auf dem sumpfigen Boden auf die Seite. In seiner Leinentasche suchte er verzweifelt nach einer Schnur, einer Kordel, egal was. Schließlich fand er tief unten das

Tuch, in das er morgens sein Butterbrot eingeschlagen hatte. Mit Tränen in den Augen verband er damit die Hand. Mit den Zähnen und der anderen Hand machte er einen Knoten. Dann blickte er nach oben. Drei Wolken zogen vorüber. Er verdrehte die Augen, alles wurde schwarz.

Spät am Abend kehrte der Holzfäller ins Dorf zurück. Das Blut hatte das Brottuch durchtränkt und tropfte auf den Weg. Sein Kopf war erdverkrustet, er schwitzte. Er ging direkt zu Staras Haus. Mit seiner gesunden Hand hämmerte er fünfmal gegen die Tür. Als es ihm zu lange dauerte, schrie er: ›Verflucht, mach auf! Es ist wieder da.‹

Die Stara öffnete ihm in einem langen Nachthemd. Ihre Augen waren vom Schlaf so klein, dass der Holzfäller sich fragte, ob sie überhaupt wach war.

›Wir gehen vor die Hunde‹, sagte er. ›Irgendwas will uns fertig machen. Nach und nach. Die Katze, das Pferd. Es hat sich an uns herangeschlichen und ausspioniert, und jetzt kommt es uns holen.‹

Er hielt ihr seine Hand unter die Nase. Blut tropfte auf ihren frisch lackierten Holzboden. Die Stara starrte die umwickelte Hand eine ganze Weile an.

›Zeig sie mir‹, sagte sie. Sie knotete ihre langen Haare zu einem Dutt, dann ließ sie ihre Hände über dem blutigen Tuch schweben, als würden sie bei einem Festmahl über einem Brathähnchen kreisen, um sich das schönste Stück Fleisch auszusuchen, das sie vom Knochen lösen könnten. Vorsichtig nahm sie ihm den Verband ab. Die Wunde öffnete sich wie ein Buch.

›Bleib hier stehen‹, sagte die Stara. Sie ging in den Garten und legte das Tuch am Rand des Dorfwegs auf einen Stein, ging wieder ins Haus und holte eine Kerze. Sie beäugte die Hand, hielt die Kerze darunter, schaute zu, wie das Licht in eckigen Mustern durch die durchtrennten Sehnen, Nerven und Adern schien. Es zeichnete spitze Figuren auf ihr Gesicht.

›Ist es dir gefolgt?‹

Der Holzfäller schüttelte sich, um zu spüren, ob irgendetwas Neues in ihm hauste, versuchte sich dann daran zu erinnern, was beim Moor passiert war, als er in Ohnmacht gefallen war. Beim Schütteln tat ihm vor allem seine Hand weh, alles andere – alles andere fühlte sich an wie immer. Dann dachte er an das Wasser, das sich kurz gekräuselt hatte und das danach so glatt wie ein frisch geschliffenes Messer gewesen war. Das alles erzählte er der Stara und auch, wie eine Stimme ihn ins Moor hatte locken wollen. Sie verzog das Gesicht.

›Ja, hier ist irgendetwas‹, sagte sie ruhig und zog ihn mit sich. ›Setz dich an den Tisch.‹ Sie legte seine Hand auf ein sauberes Mulltuch. Aus einem filigran geschnitzten Kästchen nahm sie ein ockerbraunes Fläschchen. Aus einem anderen Kästchen nahm sie ein Knäuel fettige Flachsschur. ›Das wird kein Spaß‹, sagte sie. Der Holzfäller nickte und kniff die Augen zu. Die Stara schnürte seine Hand zusammen, zählte bis drei und goss eine honigartige Flüssigkeit über den Schnitt. Die Schreie des Holzfäller schallten durch das ganze Dorf.

›Wir müssen uns vorbereiten‹, sagte die Stara, als er sich beruhigt hatte. ›Irgendetwas kommt auf uns zu. Morgen, wenn wir die Silvesternacht feiern, wird es zuschlagen.‹«

»Hey!« Die Stimme klang weit weg. Michael wedelte heftig mit der Hand vor Tonis Gesicht. Ihre Gedanken waren noch in dem Dorf, an Staras Tisch, sie blickte noch aus dem Küchenfenster: Der Teufel kam langsam aus dem Wald.

»Huhu, Nachbarin, alles klar?«

Sie befreite sich aus ihrer Starre. Michael glotzte sie an: große Augen, verworrene Wut.

»Entschuldige, wo waren wir?«, fragte sie. Sie räusperte sich. Kalter Schweiß klebte unter ihrem Pulli.

»Wo warst du, du hast irgendeinen Mist in einer fremden Sprache vor dich hingemurmelt.«

In der Zimmerecke grinste Tonis Mutter. Sie lehnte an einer Stehlampe, die kaum Licht spendete. »Wer ist dieser *Trochi Duvak*?«, flüsterte sie. »Der weiß nicht mal, wie man tanzt, selbst dann nicht, wenn irgendwer ihm die Gliedmaßen bewegen würde.

Bring die alte Frau hier weg. So schnell wie möglich. Das ist besser für alle.«

»Bar oder EC-Karte?«, fragte Toni.

»Bar.«

Michael ging ins Wohnzimmer, kramte in Schubladen und Schränken und kam mit sechs druckfrischen Hundert-Euro-Scheinen zurück.

»Ich kann nicht rausgeben«, sagte Toni und verzog keine Miene.

»Ach ja? Dann halt mit Karte.«

Wieder kramte er in Schubladen, ging in den Flur und suchte dort in Jackentaschen. Schließlich kam er mit drei Karten zurück. Die erste funktionierte auf Anhieb. Danach half er Toni, die alte Frau auf die Sackkarre zu stellen. Er vermied es, Arme, Kopf und Beine zu berühren, als Toni sie festschnallte. Die Wohnungstür hatte er sofort zugemacht, leise aber resolut. Dann schloss er ab.

Toni schaut auf die Uhr: achtzehn Minuten. Die junge Frau spricht mit Michael, ohne ihn anzusehen. Entschlossen macht sie einen Schritt zurück. Sie reicht ihm die Hand, läuft zum Parkplatz und steigt in ein schwarzes Auto. Die Frau setzt zurück und fährt davon. Michael steht etwas fassungslos vor der Haustür.

»Das ist jetzt nicht der richtige Moment, um über das Leben nachzudenken«, murmelt Toni. Er wirft noch einen Blick über den Parkplatz, dann geht er ins Haus. Auf der Rückbank sitzt mittlerweile Tonis Mutter zwischen den Kindern. Sie streichelt ihnen die Hände. »So klein warst du auch einmal. Du hast oft mit Hasmik und Anush im Feld gespielt, hinten beim Hügel. Ich hatte immer Angst, dass euch etwas passiert. Dein Vater wollte nicht, dass ich mit dir schimpfte. Er meinte, ich enge dich ein.«

»Er hatte recht«, sagt Toni. Durch den Rückspiegel schaut sie ihrer Mutter in die Augen. »Tja, trotzdem hast du es gemacht, wenn Vater in der Stadt bei der Arbeit war. Dann hast du alles aufgezählt, was du sagen wolltest.«

Ihre Mutter macht große Augen und zieht die Brauen hoch.

»War doch halb so schlimm, oder?«

»Letzten Endes ist alles halb so schlimm, Mama. So, und jetzt erzähl mal, wie kriege ich die beiden Kinder ins Haus, ohne dass die Nachbarn denken, ich hätte ein Verbrechen begangen?«

Ihre Mutter sieht erst den Jungen an, dann das Mädchen.

»Ein Kind nach dem anderen. Einfach die Beine um die Hüften, Arme um den Hals, Kopf an die Schulter, unter dem Po festhalten. Falls jemand fragen sollte, sind es dein Neffe und deine Nichte, die nach der langen Reise todmüde sind.«

◐

Mit den beiden Kindern darin sieht das Bett gigantisch aus. Toni legt sie auf die Seite, die Gesichter einander zugewandt, und deckt sie zu. Sie betrachtet die kleinen Köpfe auf den blauen Kissen, die Schrammen und Kratzer in ihren Gesichtern.

»Nun gut«, sagt sie, »ich muss jetzt was essen. Es war ein langer Tag.«

Sie lässt die Schlafzimmertür einen Spalt offen. Von der offenen Küche hat sie das Fußende des Bettes im Blick. Sie würfelt zwei Zucchinis und eine Zwiebel, gibt alles in ihre alte Bratpfanne, die sie schon lange entsorgen will. Die Butter brutzelt etwas von dem eingebrannten Fett hoch. Sie hackt drei Knoblauchzehen, gibt auch sie in die Pfanne und holt die Sahne aus dem Kühlschrank. Dann füllt sie den Wasserkocher und bröckelt Brühwürfel in einen Topf.

Bis auf das Brodeln des Wasserkochers ist es still im Haus. Unter der Bettdecke bewegt sich nichts. Als die Zucchini gar sind und Toni die Suppe püriert, setzt sich die Mutter auf den Bettrand. Sie hält etwas in den Händen. Toni kann nicht erkennen, woran sie da herumfummelt.

»Du hättest uns öfter besuchen müssen, als es wieder sicherer war«, ruft die Mutter ins Wohnzimmer. Toni schaut zum Schlafzimmer hinüber, kneift die Augen zusammen und erkennt, was es ist. Eine Stickarbeit! Ihre Mutter hatte für das ganze Dorf prachtvolle Muster auf schneeweiße Leinentücher und Tischdecken gestickt. Blumen, Tiere, Farben. Für jeden Anlass ließ sie sich mit den traditionellen Mustern etwas Neues einfallen. Sie machte wunderschöne Wandteppiche für frischgetraute Paare, Abschiedstücher für die Verstorbenen, deren Zeit gekommen war, sakrale Schals, die man in die Wohnzimmerecke hängte.

Sie verdiente recht gut. Manchmal, wenn Touristen aus fernen Ländern ins Dorf kamen, mit großen Rucksäcken um den

Leib geschnallt, verdiente sie noch besser. Dann ging sie mit ihren Wandteppichen und Tüchern zum Fluss hinunter und drapierte alles hübsch auf einem Mäuerchen neben der einzigen Brücke, die zum Wanderweg in die Berge führte. Die Rucksacktouristen, die schon von Weitem zu sehen und zu hören waren, mussten an ihr vorbeigehen. Zwischen dem Grau der Berge und dem Grün und Braun der Erde fielen ihre weißen Tücher mit den fröhlichen roten und blauen Stichen sofort auf.

Außerhalb des Hauses sprach ihre Mutter kein Wort, trotzdem gelang es ihr immer, Touristen zum Kauf zu verführen.

»Der Trick ist, den Mund zu halten«, sagt sie von der Bettkante aus. Sie hält das Sticktuch, das sie gerade noch im Schoß gehabt hat, in die Luft und betrachtet es im warmen Licht der Hängelampe. »Sie nicht zu verschrecken, nicht an ihnen zu zerren. Einfach so zu tun, als würdest du mit etwas beschäftigt sein. Was weiß ich, auf einem klapprigen Holzschemel Tee trinken, Blumen arrangieren oder das nächste Tuch besticken. Und zwei-, dreimal lächeln, wenn sie auf dich zukommen. Allzu schnell grüßen sie keine Fremden – ja, andere Wanderer schon, aber uns, nö. Fremde zu grüßen, das macht ihnen Angst. Anfangs, als die ersten Rucksacktouristen in unser Dorf kamen, sagten wir begeistert ›hallo‹, erinnerst du dich? Sie erschrecken sich fast zu Tode und trauten sich nicht, uns anzusehen, sie waren schüchtern und fühlten sich unbehaglich, wenn wir sie in unser Haus einluden. Eigentlich komisch, sie machten ansonsten jede Menge Lärm, aber eben nur untereinander. Egal. Was du also tun musst, Mädchen: Mach dich kleiner, als du bist. Lasse sie nicht merken, dass du genauso groß bist wie sie, vielleicht sogar größer. Niemals! Nur: kurz lächeln, nahezu unsichtbar werden. Dann kommen sie von selbst.«

Sorgfältig faltet sie das Tuch zusammen, kommt hinüber zur Kücheninsel, riecht an der Suppe.

»Das soll Knoblauch sein? Der riecht nach gar nichts. Der Teufel lässt sich damit jedenfalls nicht verscheuchen.«

Sie lacht laut über ihren eigenen Witz. Toni schweigt.

»Du hättest wirklich öfter vorbeikommen sollen«, sagt sie, »als der Grenzübergang wieder offen war und man nicht mehr angeben musste, zu wem man will. Dein Vater hat so auf deinen Besuch gewartet. Er sagte immer, er trinke seinen Kaffee lieber draußen auf der Veranda. Da saß er dann jeden Tag mindestens eine Stunde lang.«

»Mam, ich konnte hier nicht einfach für längere Zeit weg. Hier gibt es Regeln.«

»Regeln, papperlapapp. Er konnte die Aussicht ins Tal nie genießen. Er saß nur da und starrte auf den Weg hinterm Haus.«

Die Suppe ist fertig. Toni zieht den Stecker des Pürierstabs etwas zu heftig aus der Steckdose und spült das Gerät unter kaltem Wasser ab.

»Bitte heute mal nicht«, sagt sie mit dem Rücken zur Kochinsel. »Papa und ich haben alles geklärt, bevor es zu spät war.«

*Wir alle kommen mal zu spät nach Hause*, hat er kurz vor seinem Tod gesagt, *wir kommen zu spät, weil wir denken, wir hätten genug Zeit. Das gibt doch irgendwie Hoffnung, mein Püppchen.* Lange haben sie am Telefon geschwiegen. Der Wind von den Bergen hat ins Mikrofon geweht, Toni hat ihr Handy weit weg von ihrem Ohr gehalten.

»Wo bist du denn?«, hat sie gefragt.

»Auf der Veranda.« Er hat heiser geklungen. »Deine Mutter bekommt hier keine Luft mehr. Sie kämpfen nicht mehr, aber im Schatten des sogenannten Friedensabkommens tricksen alle drauflos. Das Nachbardorf hat ein Stück Land aberkannt bekommen. Letzte Woche haben sie die Nordgrenze einfach so ein wenig nach Süden verschoben. Eineinhalb Kilometer. Archil hatte gerade seine Schafe gehütet und in einer Hütte flussaufwärts geschlafen. Urplötzlich konnte er nicht mehr zurück. Sie hätten ihn beinahe abgeknallt. Vielleicht bringst du sie ja zur Vernunft. Komm doch einfach für drei Tage vorbei, wie beim letzten Mal.«

Als Toni zu den Kindern geht, ist ihre Mutter verschwunden. Nur der Abdruck ihres Hinterns auf der Bettdecke ist geblieben.

Toni stellt den Fernseher an, sucht die Serie, die sie seit Monaten versucht zu Ende zu schauen – immer schläft sie mittendrin ein.

Zum dritten Mal startet sie Folge vier der zweiten Staffel und lacht zum dritten Mal über dieselben Witze.

Die Suppe ist etwas zu dick, aber lecker. Dank der Sahne, nicht dank des Knoblauchs, da hatte ihre Mutter recht. Nach dem letzten Löffel stellt sie die Serie auf Pause und wischt das Handy wach. Sie scrollt durch die gespeicherten Videos, bis sie den Post von Anna, dem Mädchen aus Besulia, findet.

»Heute bringe ich euch den ersten Teil des *Svaboda Samoverzjenja* bei«, sagt Anna vergnügt in die Kamera, »oder vielmehr meine Oma Baba Yara.«

Toni verbindet das Telefon mit dem Fernseher und spielt das Tutorial auf dem großen Bildschirm ab. Sie schiebt das Sofa nach hinten und stellt sich mitten im Wohnzimmer auf.

Kaspar drückt ToniI eine Flasche Wein in die Hand.

»Heute also sieben«, sagt er, schaut auf sein Tablet und setzt ein paar Häkchen in die Kästchen auf dem Schirm.

»Wenig«, sagt Toni. Sie dreht die Flasche um und betrachtet das edle Etikett. Weinranken, ein Schloss auf einem Berg.

»Es werden sowieso immer weniger«, sagt Kaspar.

»Wie viele Tote gab es nochmal? Seit wann ist der Krieg vorbei?«

»Weiß ich nicht aus dem Kopf.«

Kaspar unterschreibt das Dokument mit der Leichenerfassung und legt das Tablet weg.

»Wieder einen neuen Job suchen, Claudia kann es bestimmt kaum erwarten.«

»Ach Quatsch«, sagt Toni, »da drüben ist noch alles vermint und voller Sprengfallen. Menschen vergessen die Gewalt, treten aus Versehen auf etwas, man wird Massengräber finden an den Dorfrändern, in den Wäldern, an unerwarteten Orten. Glaub mir, als es bei meinen Eltern wieder ruhiger wurde, waren alle im Gebirge noch vier, fünf Jahre mit Aufräumen beschäftigt, und ständig tauchten Leichen auf.«

Sie wiegt die Flasche in ihren Armen.

»Ist der beste, sagt Claudia. ›Echt etwas für Toni‹, meinte sie.«

»Oh, und warum?«

»Warte mal, was hat sie gesagt? Dunkles Aroma, tief, so was in der Art. Ich sag ihr, dass du dich gefreut hast, okay?«

»Natürlich. Grüße sie bitte ganz lieb. Und sag ihr, das wäre nicht nötig gewesen.«

»Doch, doch.« Kaspar klopft ihr auf den Oberarm. »Du bist hier meine einzige Freundin, und das weiß sie auch.«

Toni nickt. Wenn sie nach Feierabend so zusammenstehen und sich unterhalten, scheinen die Toten weit fort. Dann sind sie Objekte, wie Gemälde in Krankenhäusern, Dekoration, austauschbar.

»Bürojobs sind nichts für mich«, unterbricht Kaspar ihre Gedanken. Er lässt die Arme hängen und betrachtet seine schwarzen Arbeitsschuhe. »Räume voller Schreibtische, die man hoch- und runterfahren kann, *paperless offices*, unglaublich viel unnützes Geschwätz. Online geteilte Ordner, vierzig E-Mails am Tag, drei Meetings die Woche. Ich habe mich immer zu Tode gelangweilt und mich gefragt, warum ich nicht Feierabend machen kann, wenn ich meine Arbeit erledigt hatte. Es gibt doch im richtigen Leben genug zu tun, dachte ich, wenn wieder einmal jemand ein blödes Video herumschickte, mit allen in cc, und um mich herum die Leute kicherten. Geh raus. Geh und pflanze einen Baum, hilf einem Alten, irgend sowas.« Er geht durch den weißgekachelten Raum und klopft mit den Fingerknöcheln an die leeren Leichenfächer. »Und so langsaaaaaaam, Toni! Alle! Wie ein dicker Schiss durch einen schmalen Trichter. Herrgott nochmal, als ob sie selbst wüssten, dass sie nur für die Show von neun bis fünf vor den Bildschirmen sitzen.« Er lacht hämisch. »›Deserteur‹ nannten sie mich im Personalbüro. Ich musste vorsprechen, irgendwo in der obersten Etage. Zwei hoch aufgeschossene junge Menschen in hippen Outfits schoben mir meinen Vertrag unter die Nase. ›Immer wenn du mit deinen Aufgaben fertig bist, verschwindest du, aber lies mal: Hier steht, dass das so nicht geht.‹ Es geht immer nur ums Geld, Toni, nur ums Geld. Hier«, er sieht sich um, »hier kann ich einfach nach Hause gehen, wenn ich alle Leichen versorgt habe. Und Claudia ist froh, verstehst du?«

Toni schaut auf die Uhr. Halb vier. Sie hält die Weinflasche wie eine Trophäe in die Luft und nickt Kaspar feierlich zu. »Dann gehen wir mal, was?«

»Gleich. Nur eins noch«, sagt er. Er springt vom Arbeitstisch, packt ihren Unterarm und zieht sie in den Flur, und weiter ins Verwaltungsbüro. Er blättert die Papiere durch, die noch geordnet werden müssen, hält ein paar in die Luft, legt sie wieder hin und murmelt: »Nein, nein, das nicht.«

Toni steht in der Tür und beobachtet ihn.

»Aha!«, ruft er. Er legt ein Abholformular auf den Tisch. Seine Augen leuchten. »Pass auf. Heute früh auf dem Parkplatz. Ich bin gerade angekommen, da steigen zwei Frauen, dreißig und vierzig Jahre alt oder so, aus einem alten Geländewagen. Ringe unter den Augen, zerzaustes Haar. Nicht von hier. Habe ich schon am Nummernschild erkannt, Landeskürzel und eine Flagge, die ich nicht sofort erkannt habe. Die beiden fragen mich, ob ich hier arbeite. Ich sage: Yes, ich arbeite hier. Ob sie mitkommen dürfen. Ich: Ja, aber ich bin noch nicht richtig wach, also gebt mir ein bisschen Zeit. Sie mir nach, bekommen keinen Schock, als sie sehen, was wir hier machen, der Waschraum oder der DNA-Check, gehen geradewegs an den neun Leichen vom letzten Freitag vorbei und an dem Toten, den Bernd Sonntagfrüh bei einer Eilfuhre in einer Botschaft abgeholt hat. Nichts, verziehen keine Miene. Erstaunlich! Egal. Ich richte ein paar Dinge her, gebe ihnen Tee. Dann frage ich, was sie wollen, die Jüngere hält mir ihr Telefon unter die Nase. Drei Fotos: ein Mann in meinem Alter, vierzig oder so. Eine uralte Frau und ein junges Mädchen. Ihre Regierung hat sie über die drei Leichen informiert. Vor Monaten! Aber sie konnten nicht früher kommen, jedenfalls glaube ich, dass sie mir das erklären wollen, dort wird manchmal immer noch gekämpft. Oder eine Brücke ist kaputt, oder beides, keine Ahnung. Hier, schau mal.«

Er holt sein Handy aus der Hosentasche und zeigt Toni die drei Fotos. Die ersten beiden sind Studioaufnahmen: Der Mann sitzt auf einem Hocker mit den Händen im Schoß und sieht seitlich in die Linse. Er trägt ein weit aufgeknöpftes Hemd, darunter ein grünes T-Shirt. Er lächelt. Vorsichtig. Als wäre er nicht gewohnt, das zu tun. Die alte Frau auf dem Foto sitzt in einem großen Korbsessel. Auf den ersten Blick wirkt es eigenartig: Der Sessel steht auf einem Feld unter einem alten Baum, hinter ihr erstreckt sich ein tiefes Bergtal. In den Händen hält sie ein weißes Fell, so groß, dass es über ihre Beine und bis auf den Boden läuft.

»Zoom mal heran«, sagt Toni. Kaspar legt zwei Finger auf das Display und schiebt sie langsam auseinander.

»Nein, nicht das Gesicht, das Fell. Wo habe ich das schon mal gesehen?«

»Guck dir das letzte an, das ist eher ein Schnappschuss.« Kaspar zeigt ihr das Foto. Ein Mädchen, kein Sessel, sie steht unter dem Baum im Feld. Die Berge machen sie klein. Toni beugt sich vor und betrachtet ihr Gesicht. Ihr stockt der Atem.

»Anna!«

»Hm?«

»Das weiße Fell. Ihre Oma! Sie tanzt, Kaspar, die Oma tanzt und dieses Mädchen Anna filmt sie dabei. Das berühmte Dorf Utsjelinavka in Besulia, die Tanzvideos.«

Kaspar schaut nochmal genau hin. »Verflucht, das sind die Videos, die sich Claudia nicht anschauen wollte, weil sie so traurig sind. Ich habe sie mir jeden Tag auf dem Klo angesehen.«

»Zeig nochmal.« Toni zoomt das Gesicht des Mädchens heran. »Ja, das ist sie.«

Kaspar steckt sein Telefon wieder ein.

»Die beiden Frauen wohnen jetzt bei uns. Sie haben nach den Hotels hier gefragt. Fast hätte sie der Schlag getroffen, als sie die Preise in ihre Währung umgerechnet haben.«

»Weißt du, wo die Leichen liegen?«, fragt Toni. Sie sucht auf ihrem Handy nach Annas Videos: »Hey! Ich bin's, Anna! Ihr kennt alle meine Geschichten über mein schönes Dorf und die Gegend, in der ich lebe: Ich erzähle von Traditionen, regionalem Essen, den Menschen. Aber jetzt herrscht hier Krieg. Also muss ich leider etwas anderes mit euch teilen. Ihr habt es schon auf meinen früheren Videos gesehen, wo ich mitten in der Nacht meine Oma und meine Dorfgenossen dabei gefilmt habe, wie sie unseren traditionellen Tanz aufführen, während die Bombardierungen begannen, nur zwei Autostunden von hier entfernt. Sie tanzten den *Svaboda Samoverzjenja*, mit dem man das Böse, die Finsternis oder den Teufel vertreibt. Aber man kann mit ihm auch die Toten, die uns zu früh verlassen haben, wieder zum Leben erwecken. Wenn man weiß, wie man es richtig macht!«

Kaspar legt die Hand auf das Handy, Annas Stimme klingt mit einem Mal dumpf.

»Toni, lass uns das Pick-up-Formular ausfüllen«, sagt er.

Toni geht in den DNA-Saal.

»Ja, die drei müssen so schnell wie möglich aus der Erde«, sagt sie. Auf dem Tablet blättert sie durch den DNA-Katalog. »Du kennst den Livestream, in dem sie plötzlich verschwindet. Sie starb ziemlich früh in dem Krieg.«

Sie passt die möglichen Sterbedaten im Suchfilter an und scrollt durch Dutzende Porträtfotos, Gesichter von oben aufgenommen, die Augen geschlossen, überall Wunden. Annas Gesicht. Ihre Wangen sind geschwollen und voller blauer Flecken. Den Hals bedecken dunkelviolette Fingerabdrücke. Kaspar schaut Toni über die Schulter und tippt Notizen in sein Telefon.

»Abschnitt 21, Reihe 16. Welches Grab?«

»13a.«

Toni wartet, bis Kaspar alles notiert hat, schaut sich Anna noch einmal an und scrollt zum nächsten Foto.

»Sie sind nicht im selben Haushalt aufgetaucht, trotzdem aber zu dritt eingeliefert worden«, murmelt sie.

Tonis Mutter kommt dazu, beugt sich über das Tablet, verzieht das Gesicht. »Meine Güte, Mädchen. Beschäftigst du dich wirklich den ganzen Tag mit dem Tod und den Nachlässigkeiten von anderen? Dann hättest du auch bei uns bleiben können.«

Toni schließt die Augen und atmet tief durch.

»Wer das Unbekannte einlässt …«, sagt die Mutter.

»… hat Angst, dass der Teufel mithereinschlüpft«, flüstert Toni.

Kaspar legt Toni die Hand auf den Unterarm. »Geht's dir gut?«

Sie nickt. »Wäre meine Mutter jetzt hier, sie hätte am Eingang des Body-Drop-Off-Centers auf den Boden gespuckt.«

Das Gesicht des Mannes vom Foto erscheint auf dem Bildschirm.

»Kugeln im Herzen und im Rumpf«, liest Kaspar vor, »auch Abschnitt 21, Reihe 103, Grab 2b. Gut. Jetzt noch das alte Mütterchen.«

»Mensch, Kaspar«, brummt Toni und tritt ihm gegen das Schienbein.

Bis sie die Frau gefunden haben, vergeht eine Viertelstunde. Nach unzähligen alten Männern und Frauen taucht ihr runzliges Gesicht plötzlich auf. Ihre linke Augenbraue ist aufgerissen, Wange und Hals sind blutverschmiert.

»Abschnitt 15«, sagt Toni, »kein Wunder.«

Ein chaotischer Abschnitt. Toni erinnert sich an die Zeit, als die Leichen überall in bizarrem Tempo auftauchten, als wollte ein magisches Wesen mit all seiner Macht sagen: Rettet diese Menschen, tanzt, tanzt, tanzt! Es kam zu Unruhen, Straßenschlachten und Protestmärschen gegen die vielen Toten. Die Leute warteten nicht mehr auf den Abholservice: Sie luden die Leichen stapelweise vor den Zäunen der Body-Drop-Off-Center ab, das Telefon der Geschäftsstelle lief heiß, Toni wurde des Öfteren als »faule Gastarbeiterin« und »langsamer als die Toten« beschimpft, die Webseite stürzte ab. Alle machten Doppelschichten.

Das Foto der alten Frau war schlampig aufgenommen, der Schatten einer Hand schwebt über ihrem Gesicht.

»Sechs Stichwunden. Ein Kopfschuss«, flüstert Kaspar.

»Die habe ich damals abgeholt«, sagt Toni. Sie schweigt und muss sich räuspern. Ihre Mutter verlässt genervt und kopfschüttelnd den Raum. »Die? Entschuldigung, sie, meine ich.«

»Fünf nach vier«, sagt Kaspar, »heute wird's spät. Ich rufe Claudia an.«

»Machen wir das nur zu zweit? Das dauert doch Stunden.«

»Nein, bist du bekloppt? Wir fragen zwei von den neuen Arbeitsmigranten. Die haben an ihrem freien Abend bestimmt noch nichts vor. Und sie sind unglaublich effizient.«

◐

Die beiden Frauen sitzen auf dem Sofa. Sie sehen aus, als fühlten sie sich in Claudias Kleidern nicht wohl, als kämen sie geradewegs von einer Modenschau. Toni sitzt ihnen auf einem Esstischstuhl gegenüber. Sie hat den Frauen die Hand gedrückt und sich vorgestellt.

»Toni.«
»Mara.«
»Toni.«
»Nicoleta.«

Claudia dreht sich auf einem blauen Lesesessel hin und her, sieht Toni an, dann wieder die Frauen. Kaspar steht an der Küchenzeile und holt Weingläser aus dem Schrank.

»Jetzt schon?«, fragt Claudia.

»Schatz, sie sind Tausende Kilometer gefahren, um drei tote Dorfgenossen abzuholen. Sie haben sich ein Gläschen verdient.«

Er findet irgendwo noch zwei Gläser und dreht sich dann mit breitem Lächeln um.

»Oder?«, fragt Kaspar und deutet auf Toni. Verlegen sinkt sie in sich zusammen. »Du hast mir das doch beigebracht: Nicht nur auf das Leben zu trinken, sondern auch auf den Tod und die Toten?«

Toni verdreht die Augen, schaut die beiden Frauen an, die sie mit leerem Blick anstarren, und zuckt die Schultern.

»Wisst ihr, sie ist auch nicht von hier«, sagt Kaspar. »Sie kommt aus einem Nachbarland von euch. Aus einem kleinen Dorf in den Bergen, da haben sie auch viele Rituale. Ihre Mutter machte Wein und Wandteppiche. Stimmt's?«

»Und Tücher«, sagt Toni.

Die Frauen nicken. Toni kennt den Reflex: Nichtssagende Höflichkeit.

»Mein Vater«, beginnt sie, »hat das immer getan. Auf die Toten trinken. Jedes Jahr tranken wir zweimal auf seine Eltern. Am Todestag seiner Mutter und am Todestag seines Vaters.«

»Aha«, sagt die jüngere Frau. »Das machen wir genauso.«

»Sie sind beide bei uns im Garten begraben«, erzählt Toni weiter. »Die Grabsteine stehen unter dem Baum, bei dem mein Opa im Sommer immer saß. Wir haben natürlich auch einen Friedhof im Dorf, aber meine Großeltern wollten da nicht hin.«

Kaspar schenkt Rotwein in die Gläser und reicht sie weiter. Nachdem sie ihr Glas in der Hand hält, beugt sich Claudia zu den beiden fremden Frauen vor.

»Eure Kleider«, sagt sie laut und langsam, »sind im Trockner.« Sie macht eine rotierende Geste, imitiert das Geräusch der Schleuder. »Ihr bekommt sie gleich wieder.«

Die ältere Frau runzelt die Stirn und wendet sich an Toni, die von den dunklen, nahezu schwarzen Augen überrascht ist. »Die Leichen. Habt ihr sie?«

Kaspar schiebt einen Stuhl neben Toni. »Ja, alle drei.«

»Ihr könnt einen Wagen von uns haben, wenn ihr wollt«, fügt Toni hinzu.

»Es dürfte ein bisschen schwierig werden, alle drei auf eurer Rückbank zu stapeln«, sagt Kaspar und legt die Hände übereinander.

»Wir wollten sie eigentlich gleich wachtanzen«, sagt Mara. »Aber wenn uns das nicht gelingt, dann gern.«

»Tanzen, ja natürlich.« Toni räuspert sich. »Vielleicht könntet ihr auch noch zwei andere Menschen wachtanzen. Oder wir alle zusammen?«

◑

Der Größe nach liegen sie nebeneinander in Tonis Wohnzimmer: die alte Frau ganz links, dann die beiden Kinder, Anna und Varja, der Mann. Die Möbel haben sie zur Seite geschoben. Draußen am klaren Himmel scheint der Mond. Er schickt lange Lichtstreifen ins Zimmer und macht aus den Gesichtern der alten Frau und des Mannes scharfkantige Reliefs. Die beiden Kinder und Anna glänzen fast, so glatt ist ihre Haut. Nicoleta hat die Balkontüren geöffnet. Die dünnen Vorhänge flattern nach draußen. Tonis Mutter lehnt am Balkongeländer und blickt über die Stadt.

»Ich versteh schon«, ruft sie ins Zimmer, »für die Größe dieses Wohnkastens ist es hier recht ruhig. Aber ich frage mich dasselbe wie Mara.«

Als sie den Wohnblock betreten hatten, sah sich Mara verwundert um. Nachdem Kaspar die drei Leichen in den Aufzug gefahren und Toni den Knopf zum siebzehnten Stock gedrückt hatte, fragte sie etwas Seltsames. »Wohnen Menschen hier oder ist das ein Hotel?«

Toni schaut sich im Wohnzimmer um und versteht die Frage immer besser. Ziemlich steril hier, eher wie die Lounge eines Startups. Ich sollte noch öfters Blumen kaufen, denkt sie, am besten Sträuße mit hübschem rotem Klatschmohn, Papas Lieblingsblumen. Und Teppiche von Mama holen und aufhängen

»Am besten bilden wir einen Kreis um die Körper«, sagt Nicoleta. Sie breitet die Arme aus. »Und fasst euch nicht an, sonst kommen wir aus dem Rhythmus.«

Toni sieht Kaspar an, der ihr schräg gegenübersteht. Zum ersten Mal fällt ihr auf, wie groß und muskulös er ist. Claudia steht neben ihm. Sie gibt sich Mühe, folgt den Anweisungen und schaut immerzu nach rechts, zu Mara, die die Tanzbewegungen souverän ausführt.

»So«, sagt Nicoleta, »als wolltet ihr den Mond vom Himmel holen.«

Toni kneift die Augen zusammen und versucht, durch den Stuck der Decke den Himmel zu greifen. Nicoleta stampft auf und gibt den Rhythmus an. *Eins, zwei, drei. Eins, zwei, drei. Eins, hoch zum Himmel, zwei, rechter Fuß hoch, drei, aufstampfen.* Toni schließt die Augen, stampft auf und streckt die Arme zum Mond. Sie sieht die alte Frau vor sich, wie sie zu Hause in ihrem Dorf in ihrem zerstörten Garten steht. Der Mann steht auch dort. Er hält ein totes Huhn im Arm. Er sagt: »Der Teufel kommt wegen des Bodens. Er macht die Erde unberechenbar.«

»Und jetzt so tun, als hieltet ihr eine Apfelsine in den Händen«, sagt Nicoleta. Toni führt die Hände zusammen, lässt Raum für die kugelige Frucht, spürt, wie sich ihr Atem beschleunigt.

»Kneten. Spürt die glatte Schale, die kleinen Vertiefungen. Und fühlt, wie fest sie ist.«

Tonis Mutter schlängelt sich an Kaspar vorbei und betritt den Kreis. Sie betrachtet die fünf Toten, dann Toni, die sich Mühe gibt, die Apfelsine nicht aus ihren Gedanken fallen zu lassen.

»Mam«, flüstert sie, »was soll das?«

»Nichts, mein Schatz, ich möchte der Frau nur rasch etwas erzählen.« Sie kniet sich hin und beugt sich über das Ohr der alten Frau. »Als sie angefangen haben, bei uns zu schießen und Bomben zu werfen«, flüstert sie, »gab es noch kaum Internet. Meine Tochter, die hier zu deinen Füßen tanzt und versucht, eine halbe Apfelsine auszupressen, um dich so zum Leben zu erwecken, weil du einen schlechten Tod gestorben bist, war jung. Noch lang nicht erwachsen. Sie hatte zwei Freundinnen, Anush und Hasmik. Die drei teilten sich einen Camcorder, den eine von ihnen an Neujahr geschenkt bekommen hatte. Handys hatten damals noch keine Kameras, sondern nur so ein Spiel mit einer Schlange, die immer länger wurde, je mehr Würfel sie fraß. Mit ihnen konnten wir nichts verschicken. Wir konnten also unsere traditionellen Lieder über den Tod nicht mit der ganzen Welt teilen, wie ihr euren Tanz. Sie sind so schön, die Lieder, glaube mir. Hier, hör zu: ›*Die Welt hat die Farbe eines Sonnenuntergangs, sie wird dunkler, immer dunkler. Was ist unser Leben, es wird dahinfliegen wie ein Vogel. Irgendwann wird Gras über unseren Dörfern wogen. Selbst jene, die dachten, sie lebten ewig, starben jung. Rost wird die Kanone zerfressen, die Erde wird den Rost verschlingen.‹«*

»Bitte sei still«, zischt Toni, »du störst die Zeremonie.«

»Blümelein, ich bin ebenso wie sie eine *schlechte Tote*. Mach dir keine Sorgen, ich weiß, was ich tue.«

Tonis Mutter legt sich neben die alte Frau und redet etwas lauter auf sie ein. »Weißt du, was verrückt ist? Drei Kamerateams und eine Handvoll Journalisten kamen zu uns in die Gegend. Als sie bedroht und beschossen wurden, brachte sie ein Konvoi weg. Die Welt hatte uns ganz kurz gesehen, dann sind wir wieder verblasst, wie eine Sternschnuppe, die in kleinen Sprenkeln über einem Berg verglüht. Ich fühlte mich, als hätten sie mich für tot erklärt. Mein Mann und ich dachten: Dass niemand erfährt, was mit uns geschieht, ist das Urteil vor dem tatsächlichen Urteil. Wir wurden zu Gespenstern, unserem Schicksal überlassen, unsichtbar in der Geschichte, die irgendwer über uns erzählen wird. Wem wird es schon auffallen, wenn wir ermordet, mundtot gemacht, vergewaltigt, hingerichtet oder inhaftiert werden? Ja, wir sahen es kommen, natürlich, aber denen, die es schon wissen, braucht man nichts mehr erzählen. Es muss immer einen anderen geben, der dein Schicksal kennt. Sonst bist du vergessen, noch bevor man sich an dich erinnert.« Sie nimmt die Hand der alten Frau, legt sie sich auf den Bauch und streichelt sie. »Von eurem Krieg scheint die ganze Welt zu wissen. Von Anfang an. Ich habe meiner Tochter ab und zu über die Schulter geschaut, wenn sie mit dem Handy in der Hand auf dem Sofa saß. Meistens im Dunkeln – sie vergisst in der Dämmerung regelmäßig, das Licht anzumachen. Davon bekommt sie schlechte Augen, habe ich ihr früher schon gesagt. Aber du weißt ja, wie das ist, manche Dinge bleiben einfach nicht hängen. Ihr seid in einen großen Kübel voller Elend geraten, aber ihr musstet nicht allein hindurch waten. Jedenfalls dachte ich das anfangs, ich dachte wie du und deine Enkelin wohl auch: Alles gut, alle kommen und wollen helfen. Die ganze Welt schien hinter euch zu stehen. Aber weißt du, nicht einmal meine Tochter hat den Finger gerührt. Sie hat einfach nur herumgesessen und sich die Bilder angesehen, Bilder, die sie schon aus ihrem eigenen Land kannte: In ihrem Wohnzimmer hingemetzelte Familien, ausgebombte Häuser, streunende Tiere in kaputten Straßen, zu wenig zu essen, zu wenig Wasser, kein Strom. Sie musste nur über das Display wischen und schon erschien etwas völlig anderes.«

Toni beobachtet Nicoleta, die ihre Hände in entgegengesetzte Richtungen dreht, als wollte sie die Apfelsine öffnen. Toni dreht jetzt auch die Hände, so schnell sie kann. Sie versucht, ihrer Mutter nicht zuzuhören, nicht an die jahrelangen Albträume zu denken, daran, wie wenig sie geschlafen hat, wie sie aus dem Schlaf schreckte, wenn vor ihrem Wohnblock ein Garagentor zuschlug, wie sie beim Feuerwerk an Silvester erstarrte, wie übel ihr immer wurde, wenn sie zu viele Einmachgläser auf einmal sah.

»Mein Mann und ich«, fährt die Mutter fort, »wir hatten Glück. Wir besaßen noch ein kleines Häuschen in einer etwas größeren Stadt, das wir vermieteten. Mit dem Geld konnten wir unsere Tochter fortschicken, sobald es relativ sicher war, die Grenze zu überqueren. Wir schickten sie hierher, in ein Land, in dem es seit einer halben Ewigkeit keinen Krieg mehr gegeben hat. Warum herrscht bei den einen immer Krieg, bei den anderen aber so gut wie nie? Mein Mann war der Meinung, das liege am Geld. Aber das macht doch keinen Sinn.«

Toni dreht die Apfelsine auf. Etwas in ihrem Brustkorb zerbricht, ein Schmerz, den sie zuletzt als junge Frau in einem Zug voller flüchtender Landsleute über die Grenze gespürt hat. Weg von zu Hause. Etwas zerplatzte an verschiedenen Stellen in ihrem Körper. In ihrem Bauch, knapp über dem Nabel. In ihren Fingerspitzen. In ihren Waden.

Der Mann, Varja, beginnt stark zu husten und nach Luft zu schnappen. Er richtet sich auf, sieht sich wirr im Wohnzimmer um. Toni stampft und stampft und beobachtet, wie Claudia weinend die unsichtbare Apfelsine über den unaufhörlich zitternden

Kinderkörpern auspresst. Kaspar stampft so lange neben dem Kopf der alten Frau auf, bis sie die Augen aufschlägt, sein Fußgelenk ergreift und ihn ermahnt, damit aufzuhören. Kaspar sieht die Frau erschrocken an. Mara tanzt bei Annas Füßen. Sie ruft etwas, das Toni nicht versteht, immer ein und dasselbe Wort, pausenlos. Die alte Frau lehnt jetzt an Kaspars Schienbein und klopft sich auf die Brust. Vielleicht ist es gar kein Wort, denkt Toni, sondern ein Laut, der aus der Apfelsine tropft. In dem Moment, als sie das denkt und den letzten Saft aus der zweiten Apfelsinenhälfte presst, wird Anna wach. Lange starrt sie die Decke an, wiederholt den Laut, den Mara und die alte Frau ausstoßen. Sie bewegt weder Arme noch Beine, die Handflächen drückt sie auf das lackierte Parkett.

»Sind wir noch live?«, fragt sie.

# EMMA, SARA & ICH, DER NOTSCHNIK

## ZWEI JAHRE NACH DEM KRIEG IN BESULIA

◐

Ich lege das besulianische Mädchen halb auf den Teppich, halb unters Bett. Ihre Augen sind weit aufgerissen, im Haar hat sie verklumptes Blut. Sie muss hübsch gewesen sein, als sie noch lebte. Sie hat Apfelbäckchen. In der Nähe ihres Heimatdorfs habe ich sie gefunden. Unbeachtet lag sie zwischen vielen anderen in einer großen, tiefen Grube, wie Schmutzwäsche in einem Wäschekorb.

»Ich kann jedes Mal nur eine Leiche mitnehmen«, habe ich zu den anderen gesagt. »Entschuldigt, nur bei Kindern mache ich eine Ausnahme, da kann ich zwei auf einmal tragen.« Eine Nacht war ich mit diesem Mädchen unterwegs, in der nebligen Dunkelheit zwischen dem guten und dem schlechten Tod. Nun liegt sie hier, dreitausend Kilometer von ihrem Heimatdorf entfernt. Jetzt heißt es abwarten. Ich setze mich auf einen vergessenen Hocker in der Schlafzimmerecke. Sara und Emma kommen bestimmt gleich nach Hause. Ich hoffe, sie werden das tote Mädchen wachtanzen.

Sie zanken sich, als sie hereinkommen.

»Das ganze Geschwätz über Lebensversicherungen langweilt mich so.«

Emma zieht ihre Strickjacke aus und hängt sie in den Schrank. Dann geht sie ins Bad. Sara läuft ihr hinterher.

»Für manche Leute ist es eben wichtig, darüber nachzudenken, also lass sie doch.«

Ich seufze, ein Anflug von Ungeduld durchzuckt meinen Tierkörper. In solchen Momenten wünsche ich mir, die Lebenden könnten mich sehen oder hören. Dann könnte ich jetzt einfach rufen: Hallo, hier drinnen liegt eine Leiche, beeilt euch mal ein bisschen und viel Erfolg! Aber gut, so funktioniert das eben nicht. Seit über einem Jahr bringe ich Kriegstote aus Besulia in verschiedene Haushalten in diesem Land, und noch immer täusche ich mich in den Menschen. Sie sind so unaufmerksam. Ich hätte ihnen das Mädchen gleich in den Flur legen sollen. Oder aufs Sofa – nicht hier, halb versteckt unterm Bett. Kurz fühle ich mich schuldig, doch dann klopfe ich mir sanft auf die Brust und flüstere: »Immer mit der Ruhe, Notschnik, sie werden sie schon finden.«

Die beiden Frauen kommen nacheinander ins Bett, greifen zu ihren Handys und scrollen ein bisschen hoch und runter. Sie lachen über irgendetwas, wischen hoch, hoch, hoch. Dann zieht Sara Emma an sich und küsst sie.

»Lass gut sein, wir haben schon so oft darüber gesprochen. Ja, du kannst damit nichts anfangen. Ich will nicht wieder streiten.«

»Streiten? Wir reden doch nur?«

»Emma.«

Sara küsst sie noch einmal, sagt: »Komm, Liebste, komm leg dich ein bisschen auf mich.«

»Na, das kann noch eine Weile dauern«, murmele ich dem Mädchen zu, das reglos auf dem Boden liegt.

Ich drehe den Kopf zur Seite und versuche, nicht hinzuschauen. Als sie ihre T-Shirts ausziehen und zusammen unter der Decke verschwinden, wende ich mich ganz ab, starre die Wand an und lege mir meine weißen haarigen Pfoten über die Ohren. Ich denke an meinen Wald, wo mich Eichhörnchen und Hirsche freundlich gegrüßt haben. Seit dem Krieg hat sich eine seltsame Stille über das Land gelegt.

Nach drei Minuten schreit Sara auf. Das ist schnell für einen Menschen, das weiß ich – und es scheint mir auch ein bisschen übertrieben. Als ich mich umdrehe, sehe ich, dass sie unter Emma auf dem Bauch liegt, den Kopf direkt über dem toten Mädchen. Ich spreize meine Pfote und wippe auf dem Hocker auf und ab. Es geht los.

»Oh Shit«, flüstert Emma und knipst die Nachttischlampe an. Vor dem Gesicht des Mädchens wedelt sie mit der Hand hin und her. Nichts passiert. Sara schlüpft unter Emma weg und rutscht ans Fußende. Nackt rennt sie ins Bad. Ich pfeife eine alte Melodie über einen Bären mit einer tanzenden Hand auf dem Kopf. Emma dreht sich auf den Rücken und schließt die Augen. Wir hören beide, wie sich Sara bei offener Badezimmertür übergibt. Nach ein, zwei Minuten steht Emma auf und zieht sich eine Unterhose an. Sie fischt ihr T-Shirt vom Fußende, streift es sich über und geht in den Flur. Ich schleiche zur Tür und lausche.

»Alles klar, mein Schatz?«

»Mittelprächtig.« Saras Stimme klingt matt.

»Kann ich etwas für dich tun?«

»Wasser, nein, Cola.«

Ich folge Emma in die Küche. Sie schenkt Cola in ein Glas und greift nach ihrem Handy. Im Licht des offenen Kühlschranks sehe ich, dass sie einem Tobias schreibt.

»Es ist passiert«, schreibt sie. »Bei uns liegt eine Leiche.«

»Wird's bald?«

Emma schaltet das Telefon aus, nimmt das Glas und bringt es Sara, die zusammengerollt auf den seegrünen Badezimmerkacheln liegt.

»Ich dachte, es werden weniger«, sagt sie.

Ich springe über Saras Beine, lege mich in die Badewanne und bette den Kopf auf den Rand. Dann mustere ich ihr kreidebleiches Gesicht und sehe den Schrecken in ihren Augen.

»Es werden nicht weniger. Im Gegenteil«, flüstere ich, »Tausende Tote warten noch darauf, wachgetanzt zu werden.«

Mit der Cola in der Hand kniet Emma sich neben ihre Freundin.

»Weniger, ja, das behaupten sie. Aber Tobias hat recht: Was wissen wir schon, wie groß die *Diaspora des Todes* wirklich ist.«

Ich nicke zustimmend, kitzle Emma ein bisschen am Hals.

»Himmel, Emma, musst du immer so pragmatisch sein?«

»Sara.«

»*What the fuck* sollen wir denn jetzt mit der Leiche machen? Wir können sie nicht einmal wegschaffen, die Body-Drop-Off-Center sind voll.«

»Du machst es dir zu einfach.«

»Zu einfach?«

»Du weißt genau, dass es eine andere Lösung gibt.«

Ich applaudiere leise. Sehr gut! Hier ist ein Mensch, der es versuchen möchte.

»Ach, das Tanzmärchen.«

»Das ist kein Märchen, es ist wahr. Ich habe es selbst gesehen.« Mein Fell stellt sich vor Freude auf. Ja, es ist wahr, der *Svaboda Samoverzjenja* ist mächtig.

»Ach ja? Und bei wie vielen hat das denn funktioniert?«

»Bei Hunderten!«

»Hunderte? Wow! Super! Dann doch lieber das Body-Drop-Off-Center.«

Wo ich herkomme, kennen wir Sarkasmus nicht. Als ich zum ersten Mal in dieses Land kam, wusste ich nicht, was das war: diese eigenartige Veränderung in der Stimme, die so hart wie ein Kieselstein wird, der im Fluss gegen einen anderen prallt. Ein fürchterlicher Ton, meine Ohren glühen auch jetzt wieder davon. Aber in diesem Land scheinen die Leute das zu brauchen. So bekämpfen sie die Angst vor dem Unbekannten. Und vor den Toten, die ich ihnen bringe. Die meisten Körper haben Einschusslöcher. Manchen Toten kann man in den Schädel schauen. Andere sind übersät mit blauen Flecken, Schrammen und Blutklumpen. Es gibt welche mit zertrümmerten Beinen, ihre Hände haben Erde unter den Fingernägeln vom letzten Aufbegehren gegen den nahenden Tod. Immer wieder finde ich Tote, deren Körper vom Staub eines zerbombten Wohnblocks eine zweite Haut bekommen haben. Ich verstehe, dass kein Mensch Lust auf so was hat, es schmerzt, sich solche Verletzungen anzusehen. Es muss sich anfühlen, als wäre man unter einem umgestürzten Baum eingeklemmt.

»Womit haben wir das verdient?« Sara nimmt einen Schluck.

»Ich bin nicht hier, um euch zu bestrafen«, flüstere ich und tauche in der leeren Wanne unter. »Das denken die Menschen häufig. Stimmt aber nicht, ich bin hier, um euch zu helfen. Ich bleibe in der Nähe, ich flüstere euch ins Ohr: Ihr könnt es, tanzt den *Svaboda Samoverzjenja*. Dann wird alles gut. Es ist nicht schwer. Es gibt Videos von der alten Baba Yara. Ihr werdet sehr schnell lernen, wie sich eine unsichtbare Apfelsine in den Händen anfühlt und wie ihr sie aufspalten könnt, wie der Saft das Mädchen wieder zum Leben erwecken wird. Die Bewegungen sind ganz einfach.«

Es beginnt zu regnen, die Tropfen ticken gegen das Dachfenster. Ein schmaler Lichtschein fällt aus dem Schlafzimmer auf den Treppenabsatz. Ich blicke in den Flur und frage mich, ob ich das tote Mädchen in das richtige Haus gebracht habe. Doch ich schüttele den Kopf, denn ich kann es nicht mehr ändern. Ich beuge mich zu Emma vor und flüstere: »Vielleicht hat Sara Angst, aber du doch nicht. Jeder Mensch hat die Kraft zu tanzen. Alles, was du brauchst, ist dein Körper.« Sie scheint mich zu hören. Sie streichelt Sara über den Kopf und krabbelt auf Knien aus dem Badezimmer hinein ins Licht.

»Was machst du?«, schnauzt Sara.

»Psssst«, zische ich.

»Ich werde sie in den Teppich wickeln«, sagt Emma, »und ins Gästezimmer bringen.«

Im Schlafzimmer legt Emma sich auf den Boden. Sie folgt den Linien des glänzenden Parketts bis zu den Füßen des Mädchens.

Ich beobachte Emma von der Treppe aus. Mit der Pfote stoße ich die Tür zum Gästezimmer auf und betrachte das Mädchen, das jetzt auf dem Einzelbett liegt. Emma ruft Saras Namen durch das Haus. Keine Antwort. Das Klingeln ihres Handys unterbricht sie. Ich spitze die Ohren.

»Hey, Tobias. Ja. Ein Mädchen. Keine Ahnung, zwanzig vielleicht? … Nein, bleib lieber zu Hause, ich muss erst mal Sara anrufen, ich glaube, die ist abgehauen. … Was? Ja, ein Schock, denke ich. … Nein, nein. Wird schon werden. Ich melde mich morgen wieder, okay? Ach ja, Tobi, du hast mir doch von diesen Videos erzählt? … Ja, prima. Schick sie mir, ja?«

Sie steckt das Telefon in ihre Unterhose und geht nach oben. Ich wünsche dem Mädchen eine gute Nacht, schleiche rasch zurück zu meinem Hocker im Schlafzimmer und versuche an Emma abzulesen, was sie denkt. Ihre Miene ist streng: Die Lippen bilden eine gerade Linie, sie runzelt nicht die Stirn, weint nicht. Sie bezieht das Bett neu, putzt sich im Bad die Zähne mit einer furchtbar lärmenden elektrischen Zahnbürste und kommt mit dem zusammengerollten Teppich zurück, mit dem sie das Mädchen ins Gästezimmer geschleppt hat. Sie legt ihn zurück auf den Boden, als wäre nichts geschehen. Dann geht sie ins Bett.

Ich lege mich zu ihr unter die frisch duftende Bettdecke, schaue gemeinsam mit ihr die Videos an, die Tobias geschickt hat. Sie klickt ein älteres an: »*Arbeitsmigranten aus Besulia tanzen Tote zurück ins Leben.*«

*Gestern Nachmittag hat eine vierköpfige Gruppe von Arbeitsmigranten aus Besulia, gehüllt in die traditionelle, ganz aus Stroh bestehende Notschnik-Tracht, ein ganzes Totenfeld neben einem Body-Drop-Off-Center zum Leben getanzt. Die Plastiksärge, in denen die Leichen zwischengelagert worden waren, sprangen einer nach dem anderen auf.*

*Die erwachten Besulianer wurden von Freiwilligen mit Reisebussen zurück nach Besulia gebracht. Viele waren in Tränen aufgelöst. Die vier Arbeitsmigranten wollen das jetzt öfter tun:* »*Ein jeder sollte schlussendlich nach Hause finden. Es ist ein Albtraum, dass unsere toten Landsleute hier wohl noch jahrelang werden liegen müssen.* Und wir wissen nicht, wie groß die *Diaspora des Todes* ist.«

Ich lache, entblöße meine spitzen Zähne und lege kurz meinen Kopf auf Emmas Schulter. Dieser Tag war ein Ansporn gewesen für die verdrießlichen Zeiten, in denen Besulia noch immer bombardiert wurde. Die Soldaten waren abgezogen, doch die Raketen flogen weiter. Jeden Tag gab es Tote. Und ich brachte sie dann hierher. Monatelang hinterließ ich Hunderte Leichen in verschiedenen Wohnungen. In die Ohren der Menschen flüsterte ich Tanzanweisungen für den *Svaboda Samoverzjenja*, legte Apfelsinen in Küchen, Autos, Toiletten und Badezimmer. Die Menschen tanzten zwar, gaben es aber ebenso schnell wieder auf. Sie wurden mutlos, wussten nicht, wo sie in ihren Körpern die rechte Kraft finden konnten. Die Toten erwachten nicht zum Leben, es war ein trauriger Anblick. Manchmal schleppte irgendwer einen Toten in die Garage, den Schuppen oder die Abstellkammer, nur um sich den Anblick zu ersparen. Es musste eine Lösung her: die Body-Drop-Off-Center. Sogar einen Abholservice gab es: Ein Transporter, der die Toten gegen eine Gebühr mitnahm. Ich wurde wütend und beschloss, umso mehr Leichen in dieses Land zu schaffen, immer schneller, so viele, bis die Center überfüllt werden würden. Denn dann müssten die Menschen doch tanzen. Tag und Nacht wanderte ich durch den Nebel zwischen dem guten und dem schlechten Tod hin und her. Ich schlief nicht, vergaß meine Lieblingsbeeren zu essen, sprach kaum noch mit den Tieren im Wald, wurde ein wütender Schatten meiner selbst. Nun bin ich daran gewöhnt. Und ich werde weitermachen, bis jeder *schlechte Tote* aus Besulia wieder wach ist.

Emma steigt wieder aus dem Bett.
»Was mache ich hier eigentlich?« fragt sie sich.
»Genau«, murmele ich. »Eine Tote liegt in deinem Haus, und was tust du? Schlafen! Hopp, hopp, an die Arbeit.«
Sie geht ins Gästezimmer und schaltet die Nachttischlampe an. Sie riecht an dem Mädchen. Ein Geruch von Neuschnee, kalt. Er prickelt in ihrer Nase. Erst jetzt bemerkt sie das Blut auf dem Gesicht und in den Haaren.
»Waschlappen«, sage ich, »einen Kamm, Handtuch, etwas Shampoo, Seife fürs Gesicht, Wasser.«
Emma geht ins Bad und kommt mit einer Schüssel Wasser zurück, mit einer Shampooflasche, zwei Handtüchern, einem Föhn, Wattepads und einem Fläschchen Make-up-Entferner. Ich nicke zufrieden. Das Säubern des Gesichts dauert lang. Das getrocknete Blut ist tief in die Haut eingedrungen. Emma muss den Kopf festhalten und ihre ganze Kraft einsetzen. Mir kommt es vor, also würde sie eine verkrustete Pfanne schrubben.
»Das machst du gut«, sporne ich sie an. »Nicht gerade einfach, aber wichtig.«
Nach etwa dreißig Wattepads sieht das Mädchen wieder vorzeigbar aus. Ich gebe Emma noch ein paar Tipps: »Da, in der Ohrmuschel ist noch etwas Blut. Und unterm Kinn.«

Sie säubert die letzten Fältchen. Dann dreht sie das Mädchen auf die linke Seite, seine Wange liegt auf dem Kissen.

»So«, sagt sie, als wäre sie eine Krankenschwester und das Mädchen ihre Patientin. »Dann werde ich dir jetzt die Haare waschen.«

Emma hebt den Kopf an und legt ein Handtuch über das Kissen. Sie kämmt die verfilzten Haare, schöpft mit der Hand etwas Wasser aus der Schüssel und verteilt es über die Haare, von der Stirn bis zum Nacken. Das tut sie noch einmal und noch einmal und noch einmal. In ihrer Handfläche schäumt sie das Shampoo auf. Vorsichtig legt sie die Hände auf die Kopfhaut des Mädchens, massiert den Schaum ins Haar. Das Zimmer riecht bald süßlich, so süßlich wie der Duft, den der Wind von den umliegenden Dörfern an besonderen Feiertagen in meinen Wald trägt. Kurz meine ich, die Glöckchen der Notschnik-Trachten zu hören. Eingepackt in die dicken weißen Felle, tanzen die Dorfältesten. Oh, wie sehr ich mich danach sehne, den Tanz wieder überall in der Gegend um meinen Wald zu hören. Kein unangekündigtes Zischen von Raketen und Granaten mehr, nur das fröhliche Bimmeln der Glöckchen.

»So, fast geschafft«, sagt Emma.

Sie schöpft Wasser über die gewaschenen Haare, spült den Schaum aus. Dann föhnt sie die Haare. Alles an dem Mädchen glänzt, kein einziger Blutfleck ist noch zu sehen.

Zurück im Bett, sitzen wir noch einen Augenblick nebeneinander, dann knipst Emma das Licht aus.

»Gut«, sage ich. »Und morgen wird getanzt.«

Die Haustür fällt zu. Unten wird eine Tasche auf den Boden geknallt, Schuhe werden gegen die Wand gepfeffert. Ich schrecke vom Bett hoch, mein Tierherz wummert im Brustkorb. Emma zieht sich die Bettdecke über den Kopf und brummt.

»Na, kommt schon«, sage ich. »Sprecht euch aus, ich mache das dreimal im Monat mit: Die eine möchte helfen, die andere nicht. Meistens findet sich eine Lösung.«

Emma brummt noch einmal. Mit übereinandergeschlagenen Beinen sehe ich mich im Zimmer um.

»Hübsche Pflanzentapete. Ich fühle mich fast wie zu Hause.«

Dann klopfe ich gegen die Bettdecke. »Steh endlich auf.«

Nach ein paar Sekunden Stille wirft Emma die Decke von sich und stapft nach unten. Im Wohnzimmer sitzt Sara in weitem Pulli und enger Sporthose auf dem Sofa und isst Granatapfelkerne aus einem Plastikbehälter. Sie sieht müde aus. Ich setze mich auf die Sofalehne, bereit, die Diskussion aus nächster Nähe zu verfolgen. Ich finde es immer noch faszinierend, wie die Menschen denken und entscheiden. Emma nimmt auf dem Sofa Platz, hält aber Abstand.

»Wo warst du?«, fragt sie.

»Hast du schon den Body-Pick-up-Service angerufen?«, fragt Sara.

Sie sieht Emma nicht an, ein schlechtes Zeichen. Im Wald gilt eine goldene Regel: Schaut euch in die Augen, Tier und Mensch, Tier und Tier, auch wenn es unheimlich ist.

»Sara, wo bist du gewesen?«

»Emma, ich habe dich etwas gefragt.«

Emma schließt die Augen und holt tief Luft. »Wir lassen sie nicht abholen, das muss sich für sie wie ein doppelter Tod anfühlen.«

»Du klingst wie Tobias«, sagt Sara.

»Ich klinge wie ich selbst«, sagt Emma.

Sie rutscht noch ein Stückchen von Sara weg und ordnet die Kissen. Sara zieht die Augenbrauen hoch, nimmt sich noch ein paar Granatapfelkerne, einer platzt auf. Der Saft spritzt auf Emmas Shirt.

»Ups«, sagt sie.

Dieses Gespräch läuft nicht gut. Ich will Sara etwas Beruhigendes ins Ohr flüstern und ihr sagen, dass eine Leiche nicht so schlimm ist, doch Emma kommt mir zuvor.

»Wenn dir das lieber ist, es gibt auch Gruppen, die beim Tanzen helfen. Tobias hat mir einige Webseiten geschickt. Es ist ganz einfach: Wir bringen das Mädchen hin. Es wird kurz geübt, und dann tanzt man gemeinsam mehrere Tote zum Leben. So lange, bis alle wach sind. So brauchen wir das nicht allein machen, Sara, dann ist es doch nicht schlimm.«

»Ohne mich«, sagt Sara. »Wie peinlich.«

»Sara.«

»Ich denke nicht mal daran. Ich komme gerade von Mark. Seine Freundin war auch da, du weißt schon, die mit dem Loft. Sie hat erzählt, dass sie neulich endlich ihre Leiche losgeworden ist. Hat lange gedauert. Vier Wochen. In allen Gemeinden gibt es jetzt Wartelisten, aber sie wusste, welche die kürzeste ist. Sie hat mir drei Gemeinden verraten, dort werden wir die Leiche anmelden. Heute noch.«

Ich knurre. »Wenn man eh warten muss, kann man doch genauso gut tanzen. Wo ist das Problem?«

Sara zuckt die Schultern, stopft sich die letzten Granatapfelkerne in den Mund und geht in die Küche, um die Packung wegzuwerfen.

»Sie müssen einfach Platz schaffen für mehr Gräber, dafür bezahlen wir doch Steuern. Da gehört sie hin, Emma, auf so ein Totenfeld. Da checken sie ihre DNA, identifizieren sie und benachrichtigen ihre Familie oder wen auch immer. Irgendwer wird schon noch leben. Jemand aus Besulia muss sie abholen. Das ist nicht unser Krieg.«

Ohne Emma noch eines Blickes zu würdigen, läuft sie nach oben. Ich schleiche ihr hinterher. Sie öffnet den Kleiderschrank, nimmt saubere Unterwäsche und ein Handtuch heraus, zieht Badelatschen an. Sie bewegt sich laut, als wolle sie gehört werden. Im Flur bleibt sie stehen. Für den Bruchteil einer Sekunde frage ich mich, was sie vorhat, und dann sehe ich es: Ganz leise schließt Sara die Tür zum Gästezimmer ab.

Der Hocker gibt bald seinen Geist auf, so lang drehe ich mich schon herum, während ich mich frage: gehen oder bleiben? Normalerweise wäre ich längst weg, zurück im Nebel, weiter zum nächsten Toten. Ich muss zu der Grube, in der all die Leichen liegen. Dutzende Tote muss ich noch hierherbringen. Diese Sara macht die Situation unsicher, ihre Reaktionen sind unvorhersehbar. Jemanden zurück ins Leben zu tanzen, erfordert Kraft und Stärke, Durchhaltevermögen, so etwas wie Tapferkeit. Das tote Mädchen scheint sie wütend zu machen. Das habe ich schon oft erlebt. Vor einiger Zeit gab es einen Mann. Tagelang hatte er für einen Jungen getanzt, ganz allein. Aber es klappte nicht. Eines Tages kam er von der Arbeit nach Hause und fing an zu schreien, schüttelte den Jungen wie ein Baby, das einfach nicht zu weinen aufhört.

»Was willst du?«, rief er. »Was habe ich falsch gemacht? Ich will dir doch helfen!«

Er hatte sich heulend aufs Sofa gelegt, den Jungen in seinen Armen, der Kopf und Brustkorb voller Schrammen und Wunden, der rechte Arm seltsam verdreht.

»Ja, so. So könnte es klappen«, hatte ich zu ihm gesagt. »Wirklich, versuch's noch mal: Halte ihn so, während du die Bewegungen des *Svaboda Samoverzjenja* machst. Wenn du klatschen musst, klatsche mit seinen Händen, musst du stampfen, stelle seine Füße auf deine, und ihr stampft zusammen. Wenn du am Ende die unsichtbare Apfelsine aufspaltest und auspresst, haltet ihr beide sie fest.«

Der Mann stand auf, schlang sich die Arme des Jungen um den Hals und hielt ihn gut fest. Sie sahen aus wie ein frisch vermähltes Liebespaar. Der Mann tanzte und tanzte. Nach dem dritten Versuch wachte der Junge auf. Er schlang die Beine um die Taille des Mannes und ließ ihn nicht mehr los. Der Mann schluchzte und schluchzte. Rotz lief ihm über das Kinn, vor lauter Tränen konnte er nichts mehr sehen. Da erkannte ich es. Hinter der Wut steckt etwas anderes: Angst. Die Angst, jemanden nicht retten zu können, eine Hilflosigkeit, die jegliche Hoffnung töten kann.

»Nein«, sage ich zu mir selbst und drehe noch eine Runde auf dem Hocker. »Ich warte noch, hier spüre ich noch nicht genügend Kraft.«

Sara und Emma kommen nach Haus. Sie sprechen noch weniger miteinander als gestern Abend. Keine der beiden schaut nach dem toten Mädchen. Das Gästezimmer ist immer noch verschlossen. Sie legen sich ins Bett, sehen sich kaum an. Sara erzählt etwas Unwichtiges, von einem Kollegen, der zu viele Fragen stellt.

»Er ist einfach ein fauler Sack«, sagt sie. Als Emma nicht reagiert, schnappt sie sich ihr Handy und wischt sich durch ein paar Videos. Emma holt ihr Buch. Nach fünf Minuten hat sie noch immer nicht umgeblättert. Ich hoffe, sie denkt an das tote Mädchen. Vorsichtig krabbele ich aufs Bett und zwänge mich zwischen die beiden Frauen. »Hey«, sage ich zu Emma. »Tu doch nicht so, als würde das Mädchen im Zimmer nebenan nicht existieren.« Sara stellt den Ton ihres Telefons lauter. Ein junger Mann erklärt etwas über seinen Job in einem Restaurant – keine Ahnung, wo – und das interne Kontrollsystem. Er muss seine täglichen Ziele aufschreiben, das Blatt Papier dann unterschreiben, wird während der Arbeit von seinem Chef kontrolliert und muss alle Aufgaben erledigt haben, um am Ende des Tages einen Stempel zu bekommen. Erst dann darf er nach Hause. »Ich brauchte den Druck«, sagt der junge Mann in dem Filmchen. »Es war das perfekte System, um Dinge fertig zu kriegen.«

»So ein Kontrollsystem sollte es auch für das Tanzen geben«, sage ich grinsend zu Emma. »Haustür abschließen und – hopp, hopp – tanzen, bis die Toten erwachen. Das Essen geht zur Neige, die Leute wollen raus, werden wütend. So tanzt bestimmt jeder mit.«

Sara schläft mit dem Handy in der Hand ein. Emma beugt sich über sie und legt es weg. Dann steckt sie sich ihre Bluetooth-Kopfhörer in die Ohren und holt ihr eigenes Handy heraus. Sie macht das Display so dunkel wie möglich, zieht sich die Decke über den

Kopf und sucht im Browser: Krieg Besulia Tanz. Nach einigem Wischen und Klicken landet sie auf Maras Videokanal. Es gibt nur ein einziges Video, das schon vor einem Jahr hochgeladen wurde: *War in our beautiful Besulia*.

»Die kenne ich«, sage ich. »Sie kommt aus dem Dorf Utsjelinavka. Es wurde am fünfunddreißigsten Tag des Krieges eingenommen. Die Tenebrianer besetzten fast alle Häuser und töteten den Großteil der Bewohner. Mara versteckte sich über einen Monat im Keller und hatte kaum etwas zu essen. Sie machte dieses Video zu Ehren ihrer Dorfgenossin Anna, eine junge Frau, die bei Kriegsbeginn Videos mit der Welt geteilt hatte, in denen sie den Menschen den *Svaboda Samoverzjenja* beibrachte, aber schon nach fünfundvierzig Tagen Krieg wurde sie getötet. Schau es dir an!«

Emma ruft es auf, scrollt durch die Zeitleiste, will wissen, was sie erwartet: Wenn das Video schwarz wird, verkünden Großbuchstaben den jeweiligen Tag. Danach kommen die Bilder und Filme aus einem Land im Krieg. Es erklingt ein Voiceover, die sanfte Stimme einer Frau. Emma scrollt zurück auf Anfang und drückt auf *Play*.

»Für dich, liebe Anna, und deine tapfere Arbeit für unser Land. Du warst für mich wie eine Schwester«, steht da, bevor das Video beginnt:

TAG 1. Eine junge Frau. Sie liegt, bekleidet mit einer rosa Daunenjacke, zusammengekrümmt in einer Blutlache auf der Straße. Sie ist weiß. »Tanzt«, sagt die Stimme, »es sind simple Bewegungen. Dafür braucht man kein schickes Diplom, kein dickes Bankkonto, man braucht nur ein wenig Übung, ein paar Gliedmaßen, ja, das können selbst Rollstuhlfahrer, Blinde oder Taube. Falls ihr euch nicht zu tanzen traut, wiederholt folgenden Satz: Jeder Mensch ist nichts weiter als Knochen in einem Hautsack, der ständig Zellen freisetzt und erneuert. Ein Arm in der Luft genügt völlig, ein nickender Kopf, blinzelnde Augen.«

TAG 2. Ein Mann liegt auf der Straße, das Fahrrad noch zwischen den Beinen, er wurde erschossen. »Tanzt«, sagt die Stimme, »tanzt mit einer unsichtbaren Apfelsine in der Hand. Haltet sie gut fest.

Versucht zu fühlen, wie verletzlich die Frucht ist. Sie besteht nur aus Fruchtfleisch, etwas Saft, umgeben von einem dünnen Häutchen, einer dünnen weißen Haut, einer etwas dickeren Schale. Haltet die Apfelsine gut fest und schaut zu Boden. Da sitzt ein Mann. Er lebt. Neben ihm liegt sein Sohn unter einer goldfarbenen Aluminiumdecke, eine Decke, die normalerweise einen Menschen wärmen soll. Es gab nichts anderes, das man über die Leiche hätte legen können, kein Laken, keine Tischdecke, keine himmelblaue Bauplane, kein Altartuch, keinen großen aufgeschnittenen schwarzen Müllsack. Schaut euch den Körper unter dem Gold an, das in der Sonne glitzert – die Sonne, die auch im Kriegsgebiet scheint. Schaut, wie der Mann die Hand seines Sohnes hält. Lasst bloß die Apfelsine nicht los, kneift vorsichtig hinein. Tut, als wäre sie die Hand des Jungen, zwickt hinein, zwickt, sucht den Herzschlag und versucht ihn anzukurbeln. Stampft auf. Schreit und versucht, einen tiefen, lauten Ton herauszubringen, vor dem ihr erstmal erschreckt. Stampft wieder auf und drückt jetzt die Apfelsine fester, spürt, wie hart die Frucht plötzlich ist. Stampft, stampft und lasst den Mann nicht aus den Augen, betrachtet seine Hand, seht nur, wie das Blut unter der goldenen Wärmedecke herausrinnt, wie sich die Wolken und die Sonne darin spiegeln, wie der Himmel sich fast zu einem Portal in eine andere Welt öffnet. Und dreht, dreht die Hände in entgegengesetzte Richtungen. Lasst die Apfelsine aufplatzen und den süßen, prickelnden Saft in eure Gesichter spritzen. Hört, wie ein Maschinengewehr rattert, kurz und schrill. Woher kommt das? Merkt, dass ihr zu langsam seid, dreht euch, dreht euch und spürt, wie der Saft euch über die Finger strömt, hört eine Granate explodieren. Eure Trommelfelle platzen fast, alle anderen Geräusche verpuffen. Nur ein Piepen in den Ohren bleibt, so monoton und leer, dass ihr denkt, das geht nie wieder weg, nie wieder kommen die Alltagsgeräusche zurück. Schüttelt den Saft von euren Händen. Presst allen Saft, der noch in den beiden Hälften ist, über der goldenen Decke aus, seht, das Gold färbt sich langsam zu einem Orangerot, so wie die letzten dämmrigen Minuten an einem Sommerabend. Die Konturen des Körpers werden nach und nach sichtbar, der Brustkorb bewegt sich auf und ab. Reibt die Apfelsinenspalten über eure Wangen, springt von einem Bein auf das andere, sucht in den tiefsten Höhlen eurer Bäuche nach tieftraurigen Tönen und stoßt sie mit aller Kraft aus. Helft dem Jungen auf. Lasst ihn seinen Vater umarmen. Schaut ihn an und hört zu, wenn er zu euch sagt: Der Apfelsinensaft klebt ein bisschen, wascht ihn mir bitte ab.«

Emma schlüpft leise aus dem Bett, schleicht die Treppe hinunter und setzt sich im Dunklen aufs Sofa. Sie stellt das Display heller und den Ton lauter.

TAG 3. Eine Frau kniet auf der Straße. Um sie herum liegen fünf Leichen.

»Wir hatten hier gerade begonnen, wieder alles aufzubauen«, sagt sie. Das Video geht über in Slow Motion, dann kommt ein Standbild: Die Frau blickt weinend in die Kamera.

»Tanzt«, sagt die Stimme, »tanzt, tanzt den von Granatensplittern verstümmelten Körper einer Frau in die Zeit zurück. Spürt, wie sich eure Haut erst strafft und dann ganz weich wird. Schaut die Dorfstraße hinunter, da fährt ein Panzer rückwärts, rosa Nebelschwaden verwandeln sich in Blut, in Knochen, in Eingeweide, Herz und Lungen und Muskeln und Sehnen und Adern und Nerven. Seht, wie sie ihren Platz unter der Haut wiederfinden. Seht, wie zusammengekniffene Augen gigantisch weit aufgerissen werden, kleiner werden, nicht erschrocken nach links blicken, sondern ruhig geradeaus. Hört, wie ein Mund einen Laut wieder verschluckt, seht, wie eine gehobene Hand wieder einen Griff umfasst, ein Fahrrad sich wieder in Bewegung setzt, wie Füße die Kraft von Pedalen nehmen. Schaut, wie sich der Staub auf die Erde legt, eine Granate zurück in den Lauf eines Panzers gleitet, der Panzer außer Sichtweite gerät, hinter einem blauen Gartenzaun um die Ecke biegt. Tanzt und verfolgt die rückwärtsfahrende junge Radlerin, schlagt euch auf die Brust und springt im Tempo ihrer tretenden Füße. Klatscht in die Hände, wenn sie das Fahrrad im Garten unter dem Schutzdach abstellt, die Haustür aufschließt, die Schuhe auszieht und in Pantoffeln schlüpft, sich an den Küchentisch setzt, einen Schluck Kaffee zurück in die Tasse mit aufgedrucktem Familienfoto spuckt. Hebt abwechselnd die Füße, kreuzt die Arme vor der Brust. Schwingt die Beine, schwingt sie in die Luft. Tanzt und erkennt, wie wunderbar ein ganzer, heiler Körper ist.«

Emma fängt an zu glühen. Ich höre, wie ihr Herz schneller pocht. Sie ist bereit. »Es ist an der Zeit, den *Svaboda Samoverzjenja* zu tanzen«, rufe ich durchs Zimmer und klatsche in die Pfoten.

Emma öffnet den Chat mit Tobias.

»Lass uns morgen tanzen«, schreibt sie, »bei dir zu Hause.« Sie nimmt die Fleecedecke und wickelt sie sich um. Noch fünfzehn Minuten geht das Video. TAG 4. Gerade, als sie den Ton noch lauter stellen will, steht plötzlich Sara neben ihr. Sie knipst die Stehlampe an. Vor Schreck springe ich auf den Tisch, stelle mein kurzes weißes Fell auf, fauche sie an.

»Hau ab, wir sind gerade auf dem richtigen Weg.«

Emma hält das Video an, nimmt die Ohrstöpsel heraus.

»Warum bist du wach?«, fragt sie.

»Sie riecht nach meinem Shampoo«, sagt Sara.

»Was?«

»Du hast sie gewaschen.«

»Sara, sie sah unmöglich aus.«

»Findest du es nicht ein bisschen gruselig, sie so herauszuputzen? Oder wohnen wir in einem Mausoleum?«

»Soll sie denn mit einem Gesicht voll getrocknetem Blut aufwachen?«

»Aufwachen? Was redest du da?«

*Pling*, Emmas Display leuchtet auf. »*Morgen geht klar. Soll ich dich und das Mädchen abholen?*«

Sara schnappt sich Emmas Handy, sie kennt den Code und fängt an, die Nachrichten zu lesen, die Emma und Tobias seit gestern ausgetauscht haben. Ich laufe um sie herum: »Bitte tu das nicht, das ist nicht nett. Hör auf.«

»Wow, okay, alles schon geregelt, ja? Und wolltest du mich auch dazu einladen, oder wie hast du dir das gedacht?«

Sie wirft das Handy auf das Sofa. Emma und ich schauen zu, wie es über die Sitzfläche springt und auf den Boden knallt. Mein

Magen dreht sich um. Das passiert mir immer häufiger, seit ich hier unter den Menschen bin. Seit ich mit meiner Mission angefangen habe und die Diaspora der Toten immer größer wird, schlummert eine rätselhafte Wut in diesem Land. Wenn die Menschen hier merken, dass sie die Kontrolle verlieren, werden sie wütend, tun sie unerwartete Dinge wie in die Enge getriebene Katzen.

»Sara, möchtest du mit Tobias und mir tanzen?«, fragt Emma.

»Hm«, sagt Sara und schweigt. »Nein, aber du hättest mich wenigstens fragen können. Das ist total egoistisch.«

»Gut«, sagt Emma, »kein Problem. Dann machen Tobias und ich das allein.«

»Wie auch immer«, schnauzt Sara. Sie knipst die Stehlampe wieder aus und geht. Emma vergräbt den Kopf in ihren Händen und unterdrückt einen Schrei. Oben donnert Sara die Schlafzimmertür zu.

»Na ja«, sage ich. »Hätte schlimmer laufen können, oder?«

Ich lege mich neben Emma aufs Sofa. Sie hebt das Handy auf und tastet nach den Ohrstöpseln. Sie muss das Video ein Stück zurückspulen.

TAG 4. Eine Frau sitzt auf dem Boden neben ihrem erschossenen Sohn. Sie hat ihn mit einer dunkelgrünen Jacke zugedeckt. Seine Beine schauen heraus, sein Kopf liegt in ihrem Schoß. Die Frau weint nicht. Sie blickt stur geradeaus.

»Tanzt nicht«, sagt die Stimme. »Steht am Rand der flott leuchtenden Tanzfläche der Weltgeschichte und seht, wie eure Füße durch Blutlachen waten, vorbei an den Toten, die alle vergessen haben, die niemand aufsammelt, begräbt oder denen niemand hilft. Presst die Rücken an die Wand und schlagt jegliche Aufforderung zum Tanz aus. Schüttelt den Kopf und sagt: Das ist nicht meine Party.«

»Morgen«, flüstere ich, »morgen wirst du tanzen, versprochen?«

Ich lege meinen Kopf auf Emmas Schoß und schlafe ein.

Ich wache aus einem Traum auf, einem Traum über ein Dorf irgendwo in einem anderen Land. Eine junge Frau sitzt auf der Veranda ihres Elternhauses, neben dem Geist ihrer toten Mutter.

Sie sprechen darüber, einen Grabstein im Garten aufzustellen. Es riecht nach Morgenluft. Ich richte mich auf, schnuppere. Sara ist schon wieder fort. Emma geht durch das Haus, duscht, zieht sich an, kocht Kaffee, macht Frühstück. Ich schüttele meinen Körper wach und beobachte Emma, die die Spülmaschine einräumt. Ich hoffe, sie hat mich gestern Abend gehört.

»Hey«, sage ich, »hör zu. Vor langer Zeit habe ich mein dickes weißes Fell geopfert, denn ich war kurz davor, einen Kampf gegen die Finsternis zu verlieren. Eine höllische Entscheidung, aber es war das, oder auf all meine Kräfte zu verzichten. Doch ohne mein Fell hatte ich die Kraft verloren, die schlechten Toten wieder zum Leben zu tanzen, Menschen, die zu früh gestorben sind. Du musst nämlich wissen, ich liebe es zu tanzen, und ich sah prachtvoll aus dabei, jedenfalls als ich noch mein dickes, langes Fell hatte. Wenn ich schnell rannte, glich ich fast einem großen weißen Ball. Jetzt begnüge ich mich mit einem dünnen Fell, nur vier Menschenfinger lang. Der Wind pfeift hindurch, manchmal ist mir ein bisschen kalt. Also, alles, was ich jetzt noch tun kann, ist, die schlechten Toten zu begleiten. Die Aufgabe zu tanzen, liegt nicht mehr bei mir, sondern bei euch Menschen. Es liegt jetzt an euch, die schlechten Toten zurück ins Leben zu holen. Die ersten Jahrhunderte, nachdem ich mein Fell hergegeben hatte, wusstet ihr überhaupt nicht, was zu tun war. Es herrschte ein großes Durcheinander: Massaker überall, Menschen, die sich gegenseitig abmurksten, fertig machten, zerstörten. Sehr frustrierend. Die einzige Hoffnung, die mir blieb, war, dass ein Mensch mein Fell findet und es sich überstreift. Denn ich hatte es damals unter einem Baum vergraben, ganz in der Nähe meines Walds. Und tatsächlich, eines Tages fand es ein Mann, als er seine Tochter beerdigen wollte. Er gab das Fell der weisen Dorfältesten. Dieser Stara habe ich, als sie über das tote Kind wachte, den *Svaboda Samoverzjenja* eingeflüstert. Der Tanz ist wundervoll. Beängstigend und wundervoll. Als die alte Frau den Tanz zum ersten Mal tanzte, musste ich so stark weinen, dass ein Sturm losbrach. Es regnete und donnerte. Irgendwann haben die Menschen in Besulia mein Fell nachgemacht. Aus Wolle, lange weiße Stränge, manchmal auch aus Stroh. Überall im Land brachten sich die Staras den *Svaboda Samoverzjenja* gegenseitig bei, es wurde eine Zeremonie, die von Dorf zu Dorf weitergegeben wurde.«

Emma schließt die Spülmaschine und stellt sie an. Sie lehnt sich an die Spüle, bringt das Handy ans Ohr und ruft Tobias an. »Du kannst jetzt kommen, wenn du nichts anderes vorhast.«

Nach einer halben Stunde hält ein Auto vor dem Haus, es wird dreimal gehupt. Emma, die sich noch ein paar Videos über den *Svaboda Samoverzjenja* angeschaut hat, läuft zur Tür. Ich trabe hinterher, diesen Tobias will ich mir anschauen. Als Emma die Tür öffnet, blicke ich direkt in die hellblauen Augen eines großen Mannes. Stolz deutet er auf den Kombi in einer Parklücke. Der Motor läuft.

»Ist das nicht verboten?«, fragt Emma.

»Was?«

»Eine Leiche in einem Mietwagen transportieren?«

»Mein Auto ist in der Werkstatt«, sagt Tobias. Kurz umarmt er Emma, packt sie dann bei den Schultern und mustert sie eingehend.

»Liebes, wie siehst du denn aus? Schlecht geschlafen?«

»So was in der Art«, sagt Emma.

»Wo ist Sara?«

»Einkaufen.«

»Stimmt doch gar nicht«, rufe ich.

»Aha«, sagt Tobias. »Ich dachte, sie käme mit.«

»Nein, tut sie nicht«, antwortet Emma schroff.

»Äh, okay. Ist ja auch egal. Wir schaffen das schon zu zweit. Euer Gästezimmer wird bald wieder frei sein.«

Er geht an ihr vorbei und die Treppe hinauf. Ich höre, dass er das Gästezimmer aufschließt und die Tür aufstößt.

»Emma! Sie sieht so lebendig aus, fast schon zu lebendig.«

Grummelnd trabe ich nach oben. »Was haben die Leute hier eigentlich für eine Vorstellung von Toten? Schauen sie sich ihre Verstorbenen nie richtig an?«

Emma schließt die Haustür und kommt auch hinauf. Tobias sitzt neben dem Mädchen und streicht ihr übers Haar.

»Sie riecht so frisch«, flüstert er.

»Das war ich«, sagt Emma. »Kam mir grausam vor, sie blutverschmiert zurück ins Leben zu holen.«

»Lieb von dir. Das wird sie bestimmt zu schätzen wissen.« Er hebt die Decke an, auf der das Mädchen liegt. Ihre Beine bewegen sich wie bei einer Spielzeugpuppe mit.

»Mit der Decke, oder? Du am Kopf, ich hier an den Beinen. Und wenn sie im Auto liegt, holst du noch einen Pulli und eine Hose und Unterwäsche. Von dir, meine ich, vielleicht will sie ja saubere Sachen anziehen. Ich würde es jedenfalls wollen.«

Ich nicke, denn das möchten die Menschen oft, wenn sie aufwachen. Sich wohlfühlen, denn das Letzte, an was sie sich erinnern, ist ihr Tod. Danach sind sie in einen, tja, wie soll ich das ausdrücken, tiefen, tiefen Schlaf gefallen. Aber manche von ihnen geistern umher und wissen nichts von ihrem Tod, dann liegen sie wie mit einer Art Widerhaken in ihrer Existenz da und warten.

Tobias schnattert weiter: »Ich meine, mir würde das gefallen, ich glaube, richtig toll ist es nicht, in den Klamotten rumzulaufen, in denen man gestorben ist.«

»Tobias«, sagt Emma.

»Ja?«

Sie sieht ihn an und lächelt. »Ich hole die Sachen.«

◐

Tobias hat einen Beamer in seinem Wohnzimmer aufgestellt. Er hat die Vorhänge zugezogen. Die Möbel haben sie an die Wand geschoben. Das Mädchen liegt mitten im Zimmer auf einem schönen weißen Teppich mit bunten Mustern. Ich schaue mich um und spüre, dass es möglich ist.

»Gut«, sagt Tobias. »Ich habe ein Video gefunden von einem Mädchen und ihrer Oma, die die Tanzschritte erklärt. In drei Teilen. Der letzte Teil ist vielleicht etwas düster, aber hier ist der Tanz einfach am besten erklärt.«

Dieses dritte Video kenne ich gut, ich habe es mir schon gemeinsam mit Hunderten Menschen angesehen. Die alte Baba Yara, die das weiße Fell mit großem Stolz und Respekt trägt, steht in ihrem Keller. Hinter ihr hängen Teppiche an der Wand. Die Muster sind prachtvoll: Pferde, die durch eine Landschaft galoppieren, Berge, Blumen, Quadrate und Rauten, die ineinander übergehen. Sie schüttelt ihre Arme und Beine aus und blickt in die Kamera.

»Ich bin bereit«, sagt sie.

Ihre Enkelin Anna wechselt die Kamera-Einstellung und sieht jetzt Emma und Tobias direkt an: »Seid ihr auch bereit?«

»Ja«, flüstere ich.

Baba Yara erscheint wieder im Bild. Sie bewegt ihren Körper unter dem dicken Fell hin und her und blickt streng in die Linse: »Das ist der schwierigste Teil. Stampfe ganz fest auf, als wolltest du die Erde in Stücke trampeln. Strecke die Arme in die Luft und fühle dort die Apfelsine. Fühle sie, fühle sie. Dreh die beiden Hälften und presse den Saft über der Erde aus.«

Dumpfe Männerstimmen ertönen im Video, Gestampfe und Gepolter. Baba Yara schaut erschrocken zur Luke über ihrem Kopf.

»Anna, mein liebes Mädchen«, sagt sie, »nimm alles auf.«

Eine Sekunde später wird die Luke aufgerissen.

»Jesus«, sagt Emma.

Ich trete gegen den Beamer, das Bild fällt aus.

»Schaut euch das nicht jetzt an, sonst ist all euer Mut sofort dahin.«

»Gut«, sagt Tobias. Er räuspert sich. »Ich glaube, wir haben es kapiert. Lass uns anfangen.«

◐

In den ersten drei Stunden schaffen sie es nicht. Tobias schwitzt, sein Kopf ist so rot wie eine Tomate kurz vor der Ernte.

»Das ist völlig normal«, sage ich vom Sofa aus. »Nur nicht aufgeben! Ihr macht das gut. Morgen um diese Zeit ist sie wach.«

Emma streckt zum zwanzigsten Mal die Arme in die Luft, greift nach dem Himmel und sagt: »Den Mond vom Himmel holen, wir müssen den Mond vom Himmel holen.«

Auf dem Küchentisch vibriert Emmas Telefon, das geht schon den ganzen Mittag so. Ich gehe mal gucken: fünfzehn verpasste Anrufe von Sara. Das Display ist voller Nachrichten.

*Wo bist du?*
*Wo ist die Leiche?*
*Gerade das Body-Drop-Off-Center angerufen.*
*Emma, wo bist du?*
*Warum hast du keinen Zettel hingelegt, was soll das?*
*Emma, es tut mir leid.*
*Bist du mit Tobias zusammen?*
*Du hast mir einen Schrecken eingejagt.*
*Emma?*
*Emma, die Leiche geht nirgendwo hin, nur ins Body-Drop-Off-Center.*

Emma stampft neben dem Mädchen auf, sehr stark. Tobias versucht, bei dem Tempo mitzuhalten. Das macht er gut für einen Mann von hier, meist tanzen sie hölzern, als wären ihre Gliedmaßen keine Maßbänder, sondern Lineale.

»Spüre die Apfelsine in deinen Händen«, ruft Emma Tobias zu, »spür sie, dreh sie. Drehen! Fühlst du die beiden Hälften? Presse sie aus.«

»Ich presse doch«, ruft er. »Verflucht, warum ist das nur so schwer?«

Tobias stampft auf und breitet die Arme über dem Mädchen aus: eine Hand über ihren Kopf, die andere über den Beinen. Nach einer Minute lässt er die Arme sinken und legt sich keuchend auf den Boden.

»Pause. Pause, Emma. Ich geh Pizza holen. Danach machen wir weiter.«

◐

Emma sitzt neben dem Mädchen. Ihr Telefon hat noch vier Mal geklingelt, sie geht nicht ran. Sie hat ein Kissen und eine Decke aus Tobias' Schlafzimmer geholt. Die Decke hat sie ordentlich über das Mädchen gelegt.

»So«, sagt sie, »jetzt siehst du aus, als würdest du schlafen. Ist doch gemütlicher, oder?«

»Sieht eher aus wie ein misslungenes Totentuch«, murmele ich. »Wo bleibt Tobias, holt er die Pizza am anderen Ende der Stadt?«

Gerade als ich weiter nörgeln will, klingelt es. Begeistert springe ich auf.

»Fantastisch! In einer Stunde könnt ihr wieder loslegen.«

Emma öffnet die Tür und sagt: »Die Pizza ist bestimmt schon kalt?«, aber da steht nicht Tobias, sondern Sara. Sie starrt Emma an, in ihren Augen funkelt Wut.

»So«, sagt sie, »hab ich's mir doch gedacht.«

Sie schiebt Emma zur Seite und geht ins Wohnzimmer. Ich bleibe noch einen Moment im Flur stehen, ich weiß nicht, was ich tun soll. »Tobias«, flüstere ich, »wo bleibst du? Hier läuft etwas schief.«

»Sie lebt ja noch gar nicht!«, ruft Sara.

Sie steht neben dem Mädchen, die Hände in die Hüften gestemmt.

»Wir sind noch nicht fertig«, sagt Emma.

»Was soll das? Wollt ihr tagelang tanzen, bis sie wieder aufsteht? Du hast einen Job, Emma. Verantwortung.«

Emma sieht sie an, sagt nichts. Sara tigert hin und her, fuchtelt mit den Händen herum.

»Wenn du so weitermachst, ist unser Leben bald ein einziger Trümmerhaufen.«

»Sara«, sagt Emma, und hebt die Hände, als stünde sie unter Beschuss. »Wenn sie aufwacht, bringen wir sie nach Besulia, und danach ist alles wieder wie immer.«

»Ach, wie nett«, flüstere ich, »das ist selten. Die meistens Auferstandenen stranden hier, fangen an, bei einem Body-Drop-Off-Center zu arbeiten, um sich das Geld für die Heimreise zu verdienen.«

»Nach Besulia? Und was, wenn bald noch eine Leiche bei uns rumliegt? Oder du und Tobias anfangt, Tote aus den Feldern zu stehlen, um sie wach zu tanzen? Was dann?«

»Ja, was dann?«, fragt Emma ruhig.

»Dafür hast du keine Zeit.«

»Das entscheide ich selbst.«

Sara geht auf Emma zu und schubst sie.

»Hey«, rufe ich. »Lass sie in Ruhe!«

»Es ist eine Illusion, dass du diese Menschen retten kannst, Emma«, ruft Sara. Sie folgt Emma, die rückwärts durch das Wohnzimmer geht, schubst sie bei jedem Wort.

»Natürlich kann ich das«, schnauzt Emma, »du hast einfach Angst. Wovor eigentlich?«

»Was weiß ich?«, schreit Sara jetzt. »Ich will es einfach nicht. Schaff die Leiche weg. Die gehört nicht in unser Leben.«

Sara verpasst Emma einen Schlag gegen die Schulter. Emma fällt zu Boden, stößt den Beistelltisch um. Sara geht zu dem toten Mädchen und tritt gegen den leblosen Kopf. Ein dumpfes Geräusch, als würde ein Tonklumpen auf den Boden fallen. Die Wohnungstür geht auf. Tobias erscheint im Wohnzimmer. Er legt die Pizzakartons auf den Tisch, schaut von Emma zu Sara und von Sara zu dem Mädchen. Es hat eine Delle an der Schläfe.

# MAKS, DANYLO & SOPHIA

## EIN JAHR NACH DEM KRIEG IN BESULIA

◐

Ich hole sie am Stadtrand ab, beim Erfassungsdienst, hinter dem die Totenfelder beginnen. Sie sitzen auf einer Bank. Zwischen ihnen stehen glänzende Sporttaschen mit dem aufgedruckten Logo der Gemeinde. Ich werfe noch einen Blick auf mein Handy, gleiche ihre Fotos ab mit den Gesichtern, die ich sehe. Danylo: 28, welliges schwarzes Haar, ausgeprägte Kinnpartie, dunkle Augen. Maks: 27, strohblond, blaue Augen. Sie sind in meinem Alter.

Letzte Woche wurden sie von einer Gruppe Freiwilliger ins Leben zurück getanzt. Zusammen mit siebenundfünfzig anderen Besulianern – ziemlich viele auf einmal. Ich erhielt eine E-Mail: *Einundzwanzig Menschen stehen auf der Warteliste für eine Unterkunft, haben Sie noch Platz?* Ich hatte meine Oma angerufen und ihr erzählt, dass ich helfen wollte. Auch sie war damals nach einem Krieg in unserem Land gelandet und wurde hier von fremden Menschen aufgenommen: »Vergiss nicht, mein Mädchen, alles wird neu für sie sein: die Stadt, das Pflaster, Gemüse, wie die Leute hier miteinander reden. Alles machbar, aber sei vorsichtig und geduldig. Wenn du Fragen hast, ruf mich an. Ich weiß zwar nichts darüber, wie es ist, von den Toten aufzuerstehen, aber hier und da kann ich dir vielleicht einen Rat geben.«

Nach dem Telefonat rief ich sofort das Body-Drop-Off-Center an und erklärte, ich hätte Platz für zwei Personen.

»In drei Tagen sind sie zur Abholung bereit.« Das klang wie eine Auftragsbestätigung: Farbeimer, eine neue Jacke, ein geändertes Kleidungsstück oder ein kaputtes Auto. »Ich hoffe, Sie wissen, was Sie tun«, hatte der Mitarbeiter vom Body-Drop-Off-Center gesagt, »ein zweites Leben kann den Menschen ganz schön unter die Haut gehen. Ihre letzte Erinnerung ist die an ihren Tod. Die ersten fünf Wochen wissen viele von ihnen nicht, wo sie sind und warum sie wieder am Leben sind. Stellen Sie sich darauf ein, dass Sie es ihnen immer wieder erklären müssen.«

Er schickte mir einen ausführlichen Leitfaden, den ich vier Mal durchgelesen habe.

*Wenn Sie diese Menschen erst einmal bei sich aufgenommen haben, haftet die Gemeinde nicht mehr für sie. Ihre Ummeldung sowie die Suche nach einem Arbeitsplatz für sie gehört zu Ihren Aufgaben, natürlich in Abstimmung mit Ihren Gästen. Offene Kommunikation ist wichtig: Treffen Sie klare Vereinbarungen, dann kommt es zu keinerlei Überraschungen. Zum besseren Verständnis von Kriegstraumata können Sie unsere Telefonberatung in Anspruch nehmen, werktags zwischen 08:30 und 15:30.*

Als ich die beiden jungen Männer dort so sitzen sehe, lebendig und unversehrt, kann ich mir kaum vorstellen, dass sie fast ein Jahr lang anders ausgesehen haben müssen. Tot, steif, in einem nummerierten Grab mit ihrem Namen auf einer kleinen Plastikplakette.

Sie stehen auf, Arme eng am Körper, gerader Rücken, erhobenes Kinn.

»Hallo«, sage ich, »ich bin Sophia.«

»Maks«, sagt der Strohblonde und drückt mir fest die Hand. Seine Handgelenke und Hände sind voller Schrammen und Kratzer. Als er bemerkt, dass ich auf sie starre, steckt er sie in die Hosentasche. Danylo verbeugt sich etwas unbeholfen. Wir mustern uns eine Zeit lang. Ich werfe einen Blick auf die vier Taschen auf dem Boden. »Ist das alles?«

»Als wir aufgewacht sind, haben wir noch in unseren zerfetzten Uniformen gesteckt. Das hier ist schon ein Fortschritt«, murmelt Danylo.

»Als hätten wir einen Sponsorenvertrag«, sagt Maks und imitiert mit einer Werbestimme: »Neues Leben! Neues Outfit!«

»Du gibst uns doch nicht morgen wieder hier ab, oder?«, fragt Danylo. »Vorhin haben wir gesehen, dass eine Frau, die eigentlich längst weg war, hier wieder abgeliefert wurde.«

»Warum?«, frage ich.

»Vielleicht Albträume. Ist bei jedem anders. Bei mir sind sie nicht so schlimm wie bei Maks. Na ja, kann man nichts machen.«

»Keine Sorge«, sage ich, »zurückbringen ist übrigens laut der Übergabepapiere gar nicht erlaubt. Und die werde ich jetzt unterschreiben.«

Im Büro zeige ich einer Frau meinen Ausweis. Sie schiebt mir zwei Formulare zu, ein Original für das Body-Drop-Off-Center und eine Kopie für mich.

*Hiermit übernehme ich die Vormundschaft für zwei Auferstandene: 1. Maksim Vasyliovych Kompanichenko, 2. Danylo Petrovych Voitenko, beide aus der Provinz Shou, Besulia.*

Ich unterschreibe.

◐

Im Rückspiegel beobachte ich, wie sie mit angezogenen Knien nach draußen starren. Als wir in mein Viertel kommen, drückt Maks seine Nase fast am Fenster platt.

»Die kleinen Reihenhäuser«, hat mir meine Oma heute Morgen erzählt, »mit denselben Türen, diesen Lampen mit den Hausnummern darauf, denselben kleinen Mäuerchen um die Vorgärten, das war das Erste, was mir aufgefallen ist, als ich in dieses Land gekommen bin. Nur die Pflanzen und Vorhänge in den Fenstern haben sich voneinander unterschieden. Bei vielen konnte man einfach ins Wohnzimmer schauen. Mir wurde nie langweilig!«

Bevor wir aussteigen, krame ich in meinen Hosentaschen: »Sieh zu, dass sie sich gleich zu Hause fühlen, Mädchen«, hat meine Oma mir ans Herz gelegt. »Ich habe von den lieben Menschen, die mich damals aufgenommen haben, sofort einen Schlüssel bekommen. Ich durfte die Haustür aufschließen und als Erste eintreten. Sie selbst blieben draußen stehen, bis ich sie holen kam, als wären sie meine Gäste und nicht andersherum.«

An Danylos Schlüssel baumelt ein kleiner Pandabär, Maks bekommt den Tiger. Die beiden Männer betrachten die Schlüsselanhänger. Der Tiger und der Panda sind in den Händen der Männer unbeschreiblich klein. Maks lässt den Tiger wie ein Pendel hin- und herschwingen und sieht Danylo an.

»Tauschen?«, fragt er.

»Tauschen«, sagt Danylo.

Danylo stürmt durch den Flur ins Wohnzimmer. Er lässt seine Taschen neben die Küheninsel fallen. Vom Vorgarten aus beobachte ich, wie er mit den Händen auf dem Rücken durchs Zimmer geht.

Maks geht auch ins Haus. Er setzt sich auf die Sofalehne und schaut sich um, betrachtet meine Bücher, den Fernseher und die

Playstation, die Fotos, das Küchenbüfett. Ich gehe rein und ziehe die Tür hinter mir zu.

»Willkommen«, sage ich und deute wie eine Maklerin auf die Möbel: Esstisch, Sofa, Lesesessel. »Zum Garten geht's da raus.«

Maks riecht an dem Blumenstrauß, der auf dem Esstisch steht.

»Klatschmohn«, ruft er, »sieht man nicht oft in Häusern.«

»Meine Oma meinte, das wäre vielleicht eine gute Idee. Als kleiner Willkommensgruß«, sage ich.

»Wusstest du, dass man Klatschmohn Hebammen mit in ihre Särge gibt? Nicht die Blumen, die Samen. Als Geschenk für die Kinder, die sie auf die Welt gebracht haben. Für später, wenn sie sich in der Welt der Toten wiedersehen.«

»Maks«, sagt Danylo, »wir sind gerade erst angekommen.« Dann wendet er sich mir zu. »Seit er wach ist: nur Geschichten über die Rituale, die ihm seine Mutter zugeflüstert hat, als er klein war.«

»Ich habe sie gesehen«, sagt Maks und steckt noch einmal die Nase in die Blumen.

»Sie hatten sich jede Menge zu erzählen«, sagt Danylo lachend. »Was hat sie als Letztes gesagt, bevor du aufgewacht bist?«

»›Hoffentlich ist die Welt eine andere, wenn du wieder nach Hause kommst.‹«

»Der Krieg ist noch nicht vorbei«, sage ich.

Die Männer schweigen.

»Verfolgst du die Nachrichten?«, fragt Maks.

»Ja«, sage ich. »Zusammen mit meiner Oma. Es geht zu wie in ihrem alten Heimatland. Seit sechzig Jahren sind dort kleine Gebiete besetzt, ab und zu werfen sie eine Rakete auf eine Stadt oder ein Dorf. Sie lassen das Land immer wieder eine Zeit lang bluten.«

»Es wird noch Jahre dauern, Sophia«, sagt Maks und nimmt meine Hand in seine. »Unser Land ist noch lange nicht geheilt. Und in dem Moment, wenn wir wieder aufgebaut haben, was zerbombt wurde, vernichten sie es wieder. Das weiß meine liebe, spukende Mutter natürlich auch, aber ohne Hoffnung ist alles verloren, meint sie.«

Ich nicke.

»Ach«, sagt Danylo, »wir hatten so schöne Wälder und weite Felder.«

Maks zieht mich freundschaftlich an sich. »Das Land ist krank vor Kummer. Dunkle Kräfte haben sich in unsere Dörfer, Wälder und Städte geschlichen. Die Erde trauert.«

»Wo schlafen wir?«, fragt Danylo. Ich löse mich aus Maks' Umarmung, gehe durch den Flur in mein Arbeitszimmer, das ich in ein Gästezimmer umgewandelt habe. Zwei Betten, zwei Nachttische, zwei Leselampen, zwei Kleiderschränke. Für jeden liegt ein Handy mit einer internationalen SIM-Karte bereit. Mit den Informationen des Body-Drop-Off-Centers über Maks und Danylo habe ich versucht, ein paar persönliche Dinge für sie zu besorgen. Die Pantoffeln neben dem Bett haben die richtige Größe, auf den Betten liegen Pullover in verschiedenen Farben, von grellblau bis schwarz, auf jeden Nachttisch habe ich einen Briefumschlag mit der Bezahlkarte der Gemeinde gelegt, deren Guthaben monatlich aufgefüllt wird. Danylo schnuppert an seinem Kissen, Maks wippt auf seiner Matratze auf und ab.

»Wie lange soll es nochmal dauern, bis wir uns daran gewöhnt haben, dass wir wieder am Leben sind?«

»Fünf Wochen, sagen sie«, antworte ich.

»Ach, hör doch auf«, hatte meine Oma gerufen, »das dauert das ganze Leben. Wenn sie hierbleiben, werden sie immer ein bisschen am Rand der Gesellschaft stehen.«

Maks sieht mich an, zieht die Schuhe aus und schlüpft in die Pantoffeln. »Wusstest du, dass Menschen, die einen schlechten Tod gestorben sind, so lange im Nebel herumgeistern, bis ihnen geholfen wird?«

»Einen schlechten Tod?«

»Wer zu früh oder aus den falschen Gründen gestorben ist, kann nicht so einfach hinübergehen, auch wenn man Münzen in seinen Sarg legt oder ihm ein Kreuz in die Hand drückt.«

»Was gibt's zu essen?«, unterbricht ihn Danylo. Er nimmt einen Pulli vom Stapel. Das Sweatshirt mit dem Gemeindelogo zieht er aus.

»Das kommt in den Müll. Soll ich kochen? Ich liebe Kochen.«

◐

Mit jedem Tag, den die beiden Männer in meinem Haus verbringen, scheint die Wohnfläche zu schrumpfen – wir rücken langsam näher und schieben uns nicht mehr aus Höflichkeit aneinander vorbei. Als ich am vierten Tag nach Hause komme, riecht es nach einer Mischung aus meinem Waschmittel und der gesalzenen fetten Backbutter, mit der Danylo Eier, Kartoffeln, Fleischstücke und Gemüse zubereitet.

*In der ersten Zeit, nachdem sie wieder im Leben sind, werden Ihre Diaspori entweder 1.) sehr aktiv sein, oder 2.) antriebslos und müde sein.*

»Lass sie tun, was sie tun müssen«, hat meine Oma geantwortet, als ich sie auf dem Heimweg angerufen habe, um sie zu fragen, was ich noch tun könnte. »Ich habe manchmal meine Zimmertür abgeschlossen und geheult. Die Leute, die mich aufgenommen hatten, haben nie angeklopft, sie hörten den Schlüssel und wussten Bescheid.«

Danylo kümmert sich den ganzen Tag um all das, wozu ich in den vergangenen Monaten nicht gekommen bin. Am ersten Tag hat er die Buchsbaumhecke gestutzt, am zweiten Tag die Rosen zurückgeschnitten, dann die Gartenmöbel abgeschliffen. Jetzt streicht er die Decke im Badezimmer mit weißer Antischimmelfarbe.

Ich stecke den Kopf durch die Tür und begrüße ihn. Das Shirt ist beim Malern hochgerutscht, sein Rücken ist mit Narben übersät: lange zackige Streifen.

»Wo ist Maks?«

»Schläft.«

»Hat er etwas gegessen?«

»Er will nichts.«

Leise stoße ich die Tür zum Gästezimmer auf. Maks liegt mit angezogenen Beinen im Bett.

»Hilfst du mir beim Kochen?«, fragt Danylo. Er steht hinter mir, die Rolle noch in der Hand. Auf seiner Nase ist ein weißer Farbklecks. Ich befeuchte meinen Daumen und reibe ihn ab.

Auf der Kücheninsel liegt schon alles bereit. Danylo verteilt die Aufgaben. »Du schneidest die Zucchini, ich den Knoblauch und die Tomaten.«

Eine Packung Nudeln liegt neben einem leeren Topf.

»Morgen will ich die Gegend erkunden«, sagt er, während er die Tomaten klein hackt. »Hast du ein Fahrrad für mich?«

»Im Schuppen«, sage ich, »ich gebe dir den Schlüssel.«

»Was hat es hier eigentlich mit der Einrichtung auf sich?«

»Hm?«

»Große weiße Kerzen und Porzellanhunde auf der Fensterbank, immer im Doppelpack, oder gleich vier oder sechs Stück. Ist das eine Tradition?«

Ich gebe ein Stück Butter in die Pfanne. Danylo schaut zu, wie es langsam schmilzt, schüttelt den Kopf und gibt noch ein Stück dazu.

Als wir die Teller auf den Tisch stellen, kommt Maks ins Wohnzimmer. Sein Haar ist zerzaust, unter den Augen hat er Ringe. Er sagt »riecht fantastisch« und geht zur Toilette.

»Wir haben ihn aufbewahrt«, sagt Danylo und nickt in Richtung Flur. »In einer großen Gefriertruhe. Er war weißer als das Tuch, das man meinem verstorbenen Opa um den Kopf gebunden hatte, damit sein Kiefer nicht in einer verrückten Verrenkung nach unten sackt. Zu viert haben wir versucht, Maks in das Ding zu kriegen, um auch den Deckel zumachen zu können, verstehst du? Aber die ganze fucking Zeit hing sein linker Fuß noch heraus. Wir bekamen ihn da einfach nicht rein. Er war zu groß und sein Körper schon steif. Während der Ausbildung haben wir immer darüber gescherzt, auf der Basis am anderen Ende des Lands. ›Du bist der Erste‹, sagten wir. ›Du überragst uns alle.‹ Und so war es dann auch.«

Er lacht und schließt die Augen.

»Wir mussten selbst graben«, hat meine Oma mir vor Jahren einmal erzählt. »Die Gräber für die Mädchen, die mit uns inhaftiert waren, die dann bei Bombenangriffen ums Leben kamen oder hingerichtet wurden. Wir wurden mit Waffen bedroht und hoben am Rand des Feldes lange tiefe Gruben aus. Die Toten legten wir hintereinander hinein: die Füße am Kopf der nächsten.«

»Scheißkerl«, flucht Danylo. »Aber vielleicht war es besser, dass es ihn so früh erwischt hat. Es war die Hölle da.«

»Wo?«

»Ramas-Bun-Airport.«

»Ah, ja.«

In den ersten Monaten des Kriegs in Besulia hatte ich die Gefechte in und um den Flughafen noch aufmerksam verfolgt. Ich schaute mir endlos Dronenvideos an und Kampfaufnahmen von Soldaten. Viele Gebäude hatten keine Dächer mehr. Stockwerke waren übereinander gestürzt. Manchmal gab es nur noch ein Metallgerippe, das Skelett eines Terminals. Überall standen ausgebrannte Panzer und Flugzeuge, die Erde war grau und verkohlt, alle paar Meter klaffte ein Raketenkrater. Innen waren die Hinweisschilder zerschossen, Deckenplatten lagen auf dem Boden, Stromkabel hingen von der Decke, die Rolltreppen hatten Einschusslöcher.

»Ich hatte keine Ahnung, in was ich da hereingeraten war«, sagt Danylo, ohne mich anzusehen. »Wirklich nicht. Sie haben mit allem geschossen, was ging: Granatwerfer, Maschinengewehre, Mörser, Raketen. Alles, was aus einem Panzer abgefeuert werden kann. Wir waren natürlich auch in einem Panzer. Maks, ich, noch ein paar andere. Schrecklich. Der Weg zum Flughafen war von Scharfschützen gesäumt. Man sitzt da zusammengepfercht drin, und ein oder zwei Männer können mit ein bisschen Glück aus einem winzigen Fenster nach draußen sehen.«

Maks wäscht sich in der Küche die Hände und setzt sich neben mich an den Tisch, schaufelt seinen Teller voll, fängt gierig an zu essen.

»Ich habe nur gedacht: Warum um Himmels willen hat man mich gerade hierhin geschickt?«, sagt er mit vollem Mund. »Ich meine, ja, wir wollten unbedingt für unser Land kämpfen, ich wollte kämpfen. Aber die Lage war Wahnsinn: Wir waren umzingelt.«

»Sie saßen im Keller, wir im ersten und zweiten Stock, sie wieder im dritten«, sagt Danylo. Die beiden Männer sehen sich an. Ihre Augen leuchten und sind gleichzeitig dunkel. Zwischen ihnen funkt es, eine Art Verwandtschaft, die ich nicht kenne.

»Aber man konnte noch viel schlimmer in der Klemme stecken. Wenn man in einem Gefecht irgendwo falsch abgebogen ist, hatten sie dich.«

»Manche von der Vorhut verschwanden. Und wenn wir den Teil, in dem sie verschwunden waren, eroberten, fanden wir sie nicht.«

»Wie vom Erdboden verschluckt. Vielleicht in irgendeinem Dazwischen.«

Ich betrachte Danylos große Hände. In Gedanken schleiche ich hinter ihm durch den zerstörten Flughafen. In den langen Gängen hängen Fotos einer zerklüfteten Berglandschaft, eine Kirche mit Goldverzierungen und prachtvollen alten Fresken, das hellblaue Meer. Explosionen sind zu hören, Schüsse, Rauch kriecht durch die Hallen, durch ein Loch in der Wand sehe ich, wie ein Panzer auf uns zu rollt, unten auf der Landebahn. Danylo drückt mich zu Boden. In der Halle wird es still. Die Einschusslöcher versinken in der Wand, lösen sich langsam auf. Die Deckenplatten schweben zu ihrem Platz zurück, die Hinweisschilder glänzen wieder. Menschen gehen an uns vorbei, ziehen Koffer hinter sich her. Flugzeuge starten zu verschiedenen Städten im Ausland. Menschen trinken Kaffee, arbeiten am Laptop. Kinder tragen rosa Pandarucksäcke, halten die Hand ihres Vaters fest.

Danylo schnippt mit den Fingern.

»Hörst du noch zu?«

»Was, nein, entschuldigt«, sage ich verlegen. »Was?«

»Na ja. Dann war er weg. Bei meiner Abendpatrouille durch das Stockwerk, das wir verteidigten, bemerkte ich, dass der Deckel der Tiefkühltruhe zu war. Als ich hineinsah, war Maks verschwunden.«

»Tatamm tatamm, tatammmmm«, sagt Maks, »da war ich wohl schon im Nebel der *Diaspora des Todes*. Bei meiner toten Mutter.« Er lacht, hört aber damit auf, als er Danylos ärgerliches Gesicht sieht.

»In der Zwischenzeit wurde alles bei uns immer schlimmer. Sie beschossen uns den ganzen Tag, nonstop, irgendwann war fast alles, hinter dem wir uns verkriechen konnten, kaputt oder ganz weg. Jeder, der starb, verschwand. Wir dachten, wir werden verrückt, was für eine kranke Kriegstaktik. Fast wie ein Fluch.«

Maks schiebt seinen leeren Teller zufrieden von sich. »Und dann sind wir hier aufgewacht. Letzte Woche. Sag mal, Sophia.« Er legt den Kopf auf meine Schulter. »Wusstest du, dass Kinder, die tot geboren werden, früher kein Grab auf dem Friedhof bekamen?«

Seine spröden Haare kitzeln an meinem Hals. Ich schüttele den Kopf. »Meine Oma hat einmal erzählt, dass man zu ihrer Zeit tot geborene Kinder bei Wegekreuzen ablegte. Damit Passanten heimlich ein Kreuz für sie schlagen konnten.«

Danylo räumt die Teller ab. Etwas zu schwungvoll öffnet er die Spülmaschine.

»So, genug Schauergeschichten für heute.«

»Fast!«, ruft Maks. »Danylo, schau mal, wir sind doch auch zu früh gestorben, wir hatten nicht einmal die Zeit, uns zu verlieben. Sie hätten uns ruhig Eheringe aus Stoff anstecken können, als wir tot waren. Du bist mein, und jemand anders ist dein. Und ein Hochzeitsbrot hätten sie backen sollen. So hätten wir wenigstens noch jemanden gefunden. Dass sie das nicht getan haben, ist *bad juju*.«

Maks beobachtet Danylo, der an der Spüle in die Knie geht. Ich höre ihn im Spülschrank kramen.

»Waren hier nicht die Spülmaschinentabs?«

»Hinten, links«, antworte ich.

»Sie kommt jede Nacht zu mir, meine Mutter«, sagt Maks. »Sie will mir etwas erzählen, aber es kommt ihr nie über die Lippen.« Er stellt sein Glas in die Spüle. »Ich lege mich wieder ins Bett, vielleicht hat sie inzwischen die Worte gefunden.« Mit einer theatralischen Verbeugung verlässt er das Wohnzimmer. Danylo stellt die Spülmaschine an. »Diese Playstation. Hat die auch Shooter?«

◐

Nach neun Tagen befindet sich Maks zunehmend in einem Dazwischen: Als würde seine Mutter ihn zurück in den Tod ziehen, erschrickt er immer öfter vor seinem lebendigen Körper. Nachts bekommt er Panikattacken. Sein rasselnder Atem ist dann durch die Wände zu hören, er zieht durch die Zimmer, singt sich durchs Haus. Jede Nacht reißt er die Tür des Gästezimmers auf und sucht nach seinem Gewehr, dem Helm, der kugelsicheren Weste.

Nach zwei schlaflosen Nächten, in denen ich versucht habe, Maks zu beruhigen, indem ich mich auf dem Wohnzimmerteppich auf ihn legte, rufe ich meine Oma an.

»Erst, als ich zur Ruhe kam, Monate, nachdem ich dem Krieg entkommen war, kam alles, was ich mitgemacht hatte, in mir hoch. Wieder saß ich bei Bombenangriffen im Luftschutzkeller, Soldaten kamen in mein Elternhaus und schlugen meinen Vater zu Boden, traten auf ihn ein – weit weg von zu Hause weinte ich noch Jahre später über das, was meiner Familie und mir widerfahren war. Es fühlte sich an, als hätte ich zwei Körper: einen, der funktionierte, und einen, der Gefühle gespeichert hatte, die nicht richtig raus konnten. Es hat ewig gedauert, bis sich diese beiden Körper übereinander geschoben hatten.«

»Er ist so anders aufgewacht als ich. Was sollen wir tun, wenn er nicht aufhört, herumzugeistern?«, fragt Danylo am Morgen. Ich lehne mit dem Bauch an der Anrichte, schneide eine Birne und eine Banane in Stücke.

»Seinen beiden Körpern die Gelegenheit geben, wieder zusammenzukommen.«

»Was? Meinst du, er hat zwei Seelen? Wie der Teufel? Zwei Gebisse, zwei Häute?«

»Nein, nein«, sage ich erschrocken. »Sein trauernder Körper muss in seinen lebenden Körper passen, und umgekehrt.«
Eine Bananenscheibe fällt auf den Boden.
»Verflucht.«
Ich kicke sie weg. Mensch Sophia, heb sie doch auf und wirf sie in den Mülleimer, denke ich.
»Du würdest im Krieg keinen Monat überleben.« Danylo grinst. »Ein paar Nächte schlecht schlafen, und du bist ein Häufchen Elend.«
Er klopft mir auf die Schulter, holt drei Schalen aus dem Küchenschrank, schüttet Joghurt hinein und schiebt sie zu mir hinüber. Ich gebe das Obst dazu und ein paar Löffel Knuspermüsli darüber. Er hat recht. Ich habe dunkle Augenringe, er nicht. Er hat gut geschlafen, ist heute Nacht nicht wie ich dreimal aufgewacht.
»Sie werden daran gewöhnt sein«, hat meine Oma gesagt. Kurz hat sie am Telefon geschwiegen, nachgedacht. »Im zweiten Kriegsjahr bekam ich morgens zwei Scheiben Brot und abends eine traurige Suppe. Man gewöhnt sich daran. Damit meine ich nicht, dass es gut ist, sich daran zu gewöhnen: Isst man nicht genug, strafft das die Gedanken und verscheucht alle Gefühlsregungen. Ich fiel in einen Robotermodus. Ich dachte nicht mehr nach, lehnte mich nicht auf, ich machte meine Arbeit, aß und ging ins Bett. Das Einzige, das mich damals gerettet hat, war der Schlaf. Das erste Mal, als ich wieder jede Menge Essen vor mir hatte, bekam ich kaum einen Bissen runter – ich wusste einfach nicht, wohin damit in meinem Körper.«
Ich gebe Kaffee in den Papierfilter und gieße Wasser in die Kaffeemaschine. Danylo legt die Wange auf die Anrichte und schaut zu, wie die schwarze Flüssigkeit in die Glaskanne läuft.
»Dort am Flughafen habe ich mich jeden einzelnen Tag nach Kaffee gesehnt. Wirklich. Manchmal habe ich gedacht, ich könnte ihn riechen: frisch gemahlenen Kaffee. Aber nein, natürlich nicht. Alle Getränkeautomaten waren kaputt. Es war der Himmel auf Erden, als wir Instantkaffee fanden, so kleine Tütchen. Die passten haargenau in die engen Taschen unserer kugelsicheren Westen.«

Am ersten Morgen in meinem Haus, als ich Maks eine Tasse frischen Kaffee reichte, fing er an zu weinen. Er lief in den Garten und setzte sich auf eine Bank, starrte den Zaun an. Er trank keinen Schluck. Er hielt nur die Nase über die Tasse. Nach einer Weile setzte ich mich zu ihm. Wir sagten nichts. Er betrachtete den Zaun, ich seine Hände, die die Tasse umfassten.

»Er riecht gleich, nur der Hauch von nassem Stein und Eisen fehlen«, sagte er nach einer halben Stunde – er hatte noch nicht einmal am Kaffee genippt. »Man vergisst die alten Gerüche, die verstecken sich irgendwo in den Tiefen des Gehirns, andere nehmen ihren Platz ein. Schießpulver sticht in deine Nase, Rauch trocknet Mund und Kehle aus, als hätte man einen trockenen Waschlappen im Mund. Leichen riechen süßlich. Der Geruch zieht in die Kleider wie irgendein penetranter Kackweichspüler, du weißt schon.«

Danylo stellt unsere Frühstücksschälchen auf den Tisch, ich gehe zum Gästezimmer. Die Tür steht einen Spaltbreit auf. Maks liegt da wie vor ein paar Tagen. Mit angezogenen Beinen.

»Maks«, sage ich und stoße die Tür auf, »Müsli. Und Kaffee.«

Er öffnet die Augen, lächelt. Dann dreht er sich auf den Rücken.

»Gleich, meine Mutter will mir noch was erzählen. Vielen Dank.«

Im Internet kaufe ich eine kugelsichere Weste. Von einem Mann mit einem Profil voller Kriegsutensilien, vergilbte Fotoalben mit vergnügten jungen Soldaten aus einem älteren Krieg, Buschmesser mit krummen Spitzen »aus der Kolonie«. Nach einigem Feilschen schickt er mir ein flaches längliches Paket. *Ist ein altes Modell, keiner ist darin gestorben*, hat er auf ein pinkfarbenes Post-it geschrieben. Als ich das Paket öffne, weht mir der Geruch von Keller und feuchtem Stein entgegen. Angeekelt werfe ich die Weste in die Wohnzimmerecke.

Als die Jungs von ihrem Spaziergang durch das Viertel zurückkommen, entdeckt Maks sie gleich, vergräbt sein Gesicht in dem dunkelgrünen Stoff, dann lächelt er mich an.

»Wie in den ersten Gefechtstagen.«

Er verschwindet im Gästezimmer und kommt in einem schwarzen Pulli wieder. Er streift die Weste über. Minutenlang fummelt er an den Bändern und Schnallen des ärmellosen Körperschutzes herum. Den Kragen stellt er auf, zurrt ihn möglichst eng um den Hals. Manchmal hält er kurz inne, spürt nach, wie sie sitzt. Er breitet die Arme aus, lässt sie fallen, streckt sie hoch in die Luft.

»Noch nicht, noch nicht«, murmelt er.

Und weiter geht's. Danylo und ich sitzen auf dem Sofa und schauen ihm zu. Die beiden schmalen Bänder über seiner Hüfte sitzen zu locker, dann wieder zu stramm. Der modrige Kellergeruch zieht durchs Zimmer.

»So muss sie sitzen.«

Maks tut, als hätte er ein Gewehr in der Hand, er schleicht durch das Wohnzimmer, bewegt sich seitlich, presst sich an die Wand und sinkt unter einem Bücherbrett auf die Knie. Er kneift die Augen zu, öffnet nur das linke. Er nimmt die Hände zur Brust, die rechte nah am Herzen, die linke streckt er langsam aus. Danylo seufzt verärgert, verschränkt die Arme.

»Und ich dachte, die Träume über deine Mutter und das ganze Gerede vom Tod wären irre. Was treibst du da, Mann?«

Maks legt einen Finger an die Lippen, sieht Danylo streng an, dann nimmt er seine Ausgangsposition wieder ein. Ich sehe es vor mir: das mattschwarze Maschinengewehr, fest gegen seine Schulter gedrückt, es scheint ihm nicht weh zu tun. Die kleine Vertiefung unter seinem Schlüsselbein scheint wie für den Kolben gemacht. Er nickt mir kurz zu, mit dem Kopf bedeutet er mir zu gehen. Ich nicke und husche in mein Schlafzimmer, lege mich bei der Schiebetür zum Garten auf den Boden.

»Gut, ich bin gespannt«, sagt Danylo extra laut, »ich gehe jetzt kochen. Lass mich wissen, wenn du den Feind hast.«

Lautlos schleicht Maks durchs Wohnzimmer, vorbei an Sofa und Couchtisch, über die Schwelle der Gartentür. Der Nachbar von gegenüber, der auf dem Balkon sitzt und ein Bier trinkt, schaut ungläubig herüber. Maks robbt über den Rasen, immer weiter, dann setzt er sich in das Blumenbeet am Gartenzaun. Ich drücke meine Nase an die Fensterscheibe, schiebe leise die Tür auf. Maks reißt die Augen auf, hebt eine Hand. *Noch nicht.* Ich nicke. *Verstanden.*

Danylo hat Pfannkuchen gemacht. »Wie zu Hause«, sagt er, als er mit einem Teller gestapelter Pfannkuchen in mein Schlafzimmer kommt. Er setzt sich aufs Bett, stellt den Teller auf das Diaspori-Informationsblatt. Die Sonne geht unter. Ich liege wieder auf dem Boden, Maks presst sich noch immer an den Zaun. Manchmal dreht er etwas Kugelförmiges in den Händen, zwischendurch schlägt er sich auf die Brust. Ich verstehe nicht, was das soll. Als ich seinen Namen flüstere, zischt er mich genervt an: *ssssch!*

Danylo verteilt drei Löffel Zucker auf einem Pfannkuchen und rollt ihn zusammen.

»Das geht doch nicht«, murmelt er. Ich stehe auf, setze mich vor der Bettkante auf den Boden und lehne mich an sein Bein. Er streut Zucker auf einen zweiten Pfannkuchen, rollt ihn zusammen und gibt ihn mir.

»Im Flughafen ist er immer binnen einer Sekunde eingeschlafen«, sagt er. »Wenn ein anderer Wache hielt und er sich ausruhen durfte, war er sofort weg. Und genauso schnell war er auch wieder wach. Eine Maschine, die man an- und ausschalten konnte.«

Er lässt sich rückwärts auf mein Bett fallen.

»Wir müssen uns Arbeit suchen«, sagt er, »sonst dreht er durch.«

◐

Der Beamzte wippt von einem Bein aufs andere und blättert summend die Dokumente durch. Nachdem er lange auf die vollständigen Namen von Maks und Danylo gestarrt hat, sieht er uns an.

»Arbeit«, unterbreche ich ihn, als er anfängt darüber zu schwadronieren, dass er kein Besulianisch versteht und es für alle Mitarbeiter ein *Übersetzungsformular* gibt, damit sie die Personen- und Ortsnamen richtig eintragen. »Sie brauchen eine Arbeit.«

Ich stelle mich auf die Zehenspitzen, beuge mich über den Schalter und bohre meinen Zeigefinger in den Papierstapel.

»Arbeit«, brummt Maks.

»Arbeit, Arbeit«, sagt Danylo.

»Sie sprechen schon unsere Sprache? Gut!«, sagt der Beamte und hebt den Daumen.

»Nein«, schnauzt Maks ihn an und schiebt den Daumen beiseite. »Arbeit.«

Der Mann blinzelt, seufzt.

»Nun gut, ich habe noch nicht so viele Vorgaben für Menschen, die hier ihr zweites Leben beginnen. Fälle wie diese sind ziemlich neu. Für die Gruppe der Auferstandenen – Verzeihung, ich meine, für die Gruppe Zweites Leben, wie es neuerdings offiziell heißt – gibt es eine begrenzte Zahl an Arbeitsplätzen. Und zwar in zwei Bereichen: Ausländerverwertung. Oder Schlachthof.«

Er schiebt uns zwei Formulare zu.

»Anfangs ist die Bezahlung zwar nicht sehr gut, aber die erste Lohnerhöhung gibt es schnell. Wenn sie ihre Arbeit gut machen, gibt es nach einiger Zeit sogar die Chance auf eine Wohnung.«

Er tippt auf das Formular mit dem Titel *Ausländerverwertung*: »Bei dieser Arbeit geht das am schnellsten. Es sind meist Einzimmerappartements mit offener Küche und separatem Bad und WC, alles nagelneu. Zweckbau. Und sie wohnen dort zusammen, also mit ihren Landsleuten.«

»Wo stehen diese Häuser?«, frage ich.

»Hinter dem Body-Drop-Off-Center. Kurzer Arbeitsweg.«

»Was für Arbeit?«

»Das Ausheben von Gräbern für die Diaspori.«

Das sagt er mit einem Gesicht wie ein Brett, er verzieht keine Miene.

»Ich denke dabei auch an Sie«, sagt er mit gedämpfter Stimme. »Das Zusammenleben mit Fremden geht meistens nicht lange gut. Sie verstehen unsere Gepflogenheiten nicht, und wir verstehen die ihren nicht. Sie möchten doch bestimmt bald wieder über Ihre eigenen vier Wände verfügen, oder?«

Ich nehme die Formulare vom Tresen und drehe mich zu Maks und Danylo um.

»Arbeit?«, fragt Maks.

»Wenn man das so nennen will, ja.«

Im Auto liest Danylo die besulianische Übersetzung der Formulare. »Wir werden keine Kadaver mittendurch sägen«, sagt er, »oder Schweinen in den Kopf schießen.«

Er kurbelt das Fenster runter, zerknüllt eines der DIN A4-Blätter und wirft es nach draußen. »Was war das andere noch? *Ausländerverwertung*? Verstehe ich nicht.«

Er betrachtet das Formular.

»Was verwerten wir da, wer sind die Ausländer?«

Zum zweiten Mal fahre ich zum Body-Drop-Off-Center.

»Wir haben damals auf Kinder aufgepasst, in Wäschereien gearbeitet, hinten in Küchen den Abwasch erledigt«, hat meine Oma erzählt. »In den vielen Briefen meiner Eltern fragten sie, ob ich schon Ärztin geworden war. Ob ich Fotos von meiner Arbeit schicken könnte. Ich ging nie auf diese Fragen ein. Wir waren allein, ich und die anderen Frauen, wir Ausländerinnen, meine ich. Fast niemand wollte uns hier haben – nur für die niederen Arbeiten, die sie selbst nicht übernehmen wollten, waren wir gut. Meine erste Stelle hatte ich als Kellnerin in einem verrauchten Jazzclub. Manchmal begrapschten sie mich, anscheinend war das gestattet, ich hatte ja irgendwie auf dem Müll gelegen, dann konnten sie mich auch anfassen.«

Danylo und Maks sitzen wieder auf der Rückbank und schweigen. Auf dem Parkplatz bleiben wir noch eine Weile im Auto sitzen. Maks friemelt an seiner kugelsicheren Weste herum, den ganzen Weg hierher hat er sich das Ding strammer und strammer um seine Taille gezogen.

»Meine Mutter hat heute Nacht gesagt, dass es keine gute Idee ist, sich mit derart vielen schlechten Toten zu umgeben«, sagt er. »All diese Menschen, die keine Ruhe finden. Das macht einen Ort finster und gefährlich.«

»Ihr müsst das nicht tun«, sage ich, »wir finden bestimmt etwas anderes für euch.«

»Und was, bitte?«, fragt Maks. »Schwarzarbeit?«

»Ja.«

»Dann stecken wir in no time in Schwierigkeiten. Nein danke.«

»Entweder das hier, oder nichts tun und warten«, sagt er. »Und nichts ist schlimmer als warten.«

◐

Ee ist halb sieben Uhr morgens. Danylo sitzt auf meiner Bettkante. Er legt die Hand auf mein Bein.

»Sophia.«

Ich ziehe die Decke bis zum Kinn, stöhne ein bisschen.

»Was ist los?«

Maks steckt den Kopf zur Tür rein, kommt ins Zimmer geschlurft. Noch im Halbschlaf versuche ich zu verstehen, was Danylo gerade gesagt hat. Er wiederholt den Satz.

»Wir hören auf.«

Ich setze mich auf.

»Es geht nicht mehr«, sagt Maks. »Ich habe mit meiner Mutter gesprochen. Wenn wir nicht aufpassen, verschlingt uns der Tod.«

»Und die Arbeit hängt mir zum Hals raus«, brummt Danylo. »›Gott, was könnt ihr gut schaufeln‹«, ahmt er eine muntere Stimme nach, »›das liegt sicher an den vielen Schützengräben bei euch zu Hause!‹«

Ich bekomme Gänsehaut.

»Graben, graben, den ganzen Tag nichts als graben«, fährt er fort.

»Wir werden verrückt, Sophia.«

»Wir wollen nach Hause.«

»Da wird immer noch geschossen«, sage ich.

Maks zuckt die Schultern. »Leichen hier, Leichen da. Dort können wir wenigstens unsere eigenen Entscheidungen treffen.«

Mein Wecker klingelt. 07:35. Genervt drücke ich auf die Schlummertaste.

»Lieber ein zweites Mal sterben als das hier«, sagt Danylo. Er streicht über meine meeresgrüne Bettdecke, sieht mich aber nicht an. Maks starrt auf das Bild über meinem Bett: naive Malerei aus Upasi, gekauft während einer Reise. Vier Männer ohne Hände sitzen in einem Feld an einem Tisch. Unter einem Apfelbaum. Sie tragen traditionelle rot-weiße Gewänder und schwarze Hüte. Neben ihnen steht eine Frau im Blümchenkleid. Um den Baum fliegen weiße Tauben, wickeln weiße Bänder in die Zweige.

»Ein gutes Gemälde für ein Schlafzimmer«, hatte die Zigarillo rauchende Frau in dem kleinen Laden zu mir gesagt: »Fruchtbarkeit und Glück.«

Als ich sie gefragt hatte, warum die Männer keine Hände hätten, sagte sie: »Soll wohl irgendwas symbolisieren.« Und gleich danach: »Aber das glaube ich nicht.«

Maks legt sich neben mich.

»Wir müssen nur noch etwas erledigen«, sagt er, »das hat meine Mutter jedenfalls gesagt.«

»Und wir möchten, dass du mitkommst«, sagt Danylo, »nun ja, dass du uns dahin fährst.«

Draußen bei meinem Auto stehen zwei Besulianer. Sie stellen sich mit festem Händedruck vor.

»Bogdan.«

»Hrisja.«

»Und jetzt?«, frage ich.

»Den Notschnik mit Flügeln aus Stroh machen.«

◐

Der Bauer heißt uns willkommen. Er führt uns vom Hof in die Küche, schenkt Kaffee ein und holt einen Apfelkuchen aus dem Ofen. Sprühsahne gibt es auch. Maks, Danylo, Hrisja und Bogdan bedanken sich mehrmals bei ihm.

»Der Stall ist am Ende des Hofs«, sagt der Bauer. »Alles, was ihr braucht, liegt bereit.«

Er reicht Maks einen kurzen dünnen Stock. Das Holz ist glatt geschliffen, beide Enden sind sauber ausgearbeitet und rund, wie bei einem Queue. Maks dreht den Stock nach links und nach rechts, umfasst die Enden wie einen Lenker.

»Ich wollte ihn lackieren, aber deine Freunde meinten, das wäre nicht nötig«, sagt der Bauer. Er umschließt den Stock zwischen Maks Händen.

»Die Maße stimmen doch, oder?«

»Ja, drei Hände breit, perfekt.«

»Und das Seil?«, fragt Hrisja.

»Auch im Stall, da gibt es noch mehr, falls es nicht reicht.«

Danylo wickelt ein langes Seil um den Stock. Er nimmt die beiden Enden und geht damit etwa zwanzig Meter rückwärts auf den Hof hinaus, bis das Seil straff gespannt ist. Hrisja und Bogdan nehmen etwas Stroh und stecken es zwischen die beiden Seilstränge. Maks beginnt den Stock zu drehen. Das Seil wird dicker.

»Früher«, beginnt Bogdan, während er immer mehr Stroh hinzufügt, »in Südbesulia, im Dorf meines Opas, gab es fünf Notschniks. Sie alle kamen aus einem der Weiler entlang der Hauptstraße. Ein älterer Mann oder eine ältere Frau. Sie galten als mystische Wesen. Nach ihrem Tod übernahm der Nächstälteste ihre Rolle.«

Langsam bildet sich ein Strohknäuel. Dann fangen wir wieder von vorn an. Wir binden mehrere Knäuel zusammen und können aus ihnen so verschiedene Formen bilden: Kugeln, Blöcke, Ovale. Als es dunkel wird, gehen wir ins Haus. Der Bauer ist schon ins Bett gegangen. Auf dem Tisch stehen Kartoffeln, ein großer Topf Erbsen und etwas Fleisch. Im Wohnzimmer liegen Decken und Schlafsäcke auf den beiden Sofas bereit, und auf dem Boden drei Luftmatratzen. In der Küche putzen wir uns die Zähne, spucken abwechselnd in die Spüle. Draußen ist es still, nur eine Schleiereule kreischt. Die vier Männer warten, bis ich meinen Schlafanzug angezogen habe und auf einem Sofa unter der Decke liege, dann erst betreten sie in ihren Boxershorts den Raum. Sie beraten sich leise: du dort, ich hier. Dann erzählen Hrisja und Bogdan, wie sie von einer Gruppe junger Künstler in einem Atelier wachgetanzt wurden.

»Sie waren lieb und nett.«

»Aber sie haben immerzu Fragen über den Krieg gestellt.«

»Warum immer noch kein Frieden herrscht, warum wir die besetzten Provinzen nicht einfach aufgeben, warum die Besulianer immer noch kämpfen, und warum wir wieder nach Hause wollen.«

Die Männer sind eine Zeit lang still, dann höre ich Danylo kichern. »Kennt ihr den?«

Maks seufzt.

»Alter, hör auf.«

»Was denn?«

»Na gut, nur zu.«

»Jemand ruft bei Radio Upasi an und sagt: ›Man erzählt uns, dass Freiheit am Horizont zu sehen ist. Nur, was ist der Horizont?‹ Radio Upasi antwortet: ›Der Horizont ist eine imaginäre Linie, die immer weiter weg gerät, je näher man ihr kommt‹.«

Die vier Männer biegen sich vor Lachen, bis der Hund des Bauern zu bellen anfängt.

»Über den Witz würde sogar meine Oma lachen«, sage ich.

Am Morgen stellt der Bauer ein Tablett mit fünf Tassen Kaffee auf den Tisch.

»Heute helfe ich euch«, sagt er. Sein Schäferhund begrüßt jeden von uns einzeln, stupst seine Nase gegen unsere Hände.

»Prima«, sagt Hrisja, »du kannst uns Modell stehen.«

Wir beginnen mit dem Oberkörper. Der Bauer kniet, während wir die Strohkugeln um seinen Torso binden, sparen Schultern und Kopf aus. Langsam bildet sich eine Figur um seinen Leib, zwei große Körperflanken. Der Bauer schweigt, die vier Männer erklären mir, was ich tun soll.

»Etwas dichter beieinander, zieh den Strick stramm.«

Als die beiden Flügel fertig sind und der Bauer fünfmal breiter ist als zuvor, müssen Hrisja und Bogdan ihn stützen. Maks und Danylo lassen ihn langsam nach hinten, bis er auf dem Boden liegt. Durch die beiden Löcher im Brustkorb ragen seine Arme unbeholfen in die Luft. Aus schmalen, längeren Streifen gedrehten Strohs haben wir gestern acht Hosenbeine gemacht. Bald werden die vier ihre eigene Notschnik-Tracht haben. Zwei der Hosenbeine werden jetzt dem Bauern angezogen.

»Vorsichtig«, sagt Danylo, »die Tracht darf nicht auseinanderfallen, wenn wir morgen tanzen.«

Mit dicken Seilen binden wir die Beine an den Torso. Der Bauer lässt zu, dass wir an ihm herumzerren. Ich verknote die letzten Enden und stehe auf. Mit verschränkten Armen mustern wir den Bauern, der sich in einen Notschnik verwandelt hat.

»Der Notschnik mit dem weißen Fell ist der berühmteste«, sagt Hrisja, »aber unsere Variante haben die Bauern gemacht, die Kühe hatten, aber keine Schafe. Bei uns in der Provinz sind alle Notschniks aus Stroh.«

»Jetzt kommt der schwierigste Teil. Wir nennen ihn auch die Geburt.«

Maks zeigt auf mich: »Du den Torso«, und auf Hrisja und Bogdan: »Ihr die Beine.«

»Die Arme rausziehen«, sagt er zum Bauern. »Ja, genau so.«

Gemeinsam mit Danylo zieht er den Bauern vorsichtig aus dem Kopf- und Schulterloch. Maks hält seinen Kopf, Danylo zieht unter den Achseln, es folgen Rücken, Hintern und Beine. Als der Bauer aus der Tracht befreit ist, bringen wir sie vorsichtig in eine Ecke.

»So, noch drei«, sagt Hrisja.

»Erst Kaffee«, sagt der Bauer. Er kommt mit einer Kanne und sechs Stück Kuchen zurück. Die Sonne scheint auf den Hof. Wir schwitzen. Hühner laufen in einigem Abstand um uns herum. Bogdan schiebt mir seinen Stuhl zu. Er nimmt sein Handy und zeigt mir etwas auf Instagram. In seiner Timeline sehe ich, dass er nur einem einzigen Account folgt: *Olesja_Bu*.

»Er ist jetzt neunzehn, mein kleiner Bruder. Ich habe ihn letzte Woche dank dieser App wiedergefunden. Er wusste noch nicht, dass ich wieder am Leben bin.«

»Noch 'ne Tasse?«, fragt der Bauer. Bogdan stellt seine Tasse auf den Tisch und lehnt sein Handy dagegen. »Hier, ein Video von ihm, vor sechs Monaten aufgenommen.« Er sucht sich kurz durch die Posts und klickt ein Video an: Wir fahren über eine staubige Straße in einem Auto mit einem weißen Kreuz auf der Windschutzscheibe. Der Jeep kommt an zerstörten Dörfern vorbei, bis eine Stadt auftaucht. Einige Gebäude sind eingestürzt, andere nicht. Der Jeep stoppt an einer Uferpromenade, die halb unter Wasser steht, weil der Fluss über die Ufer getreten ist. Im Bild erscheint ein Junge mit derselben Nase wie Bogdan.

»Heute werden wir ein paar Menschen im Überschwemmungsgebiet Shou abholen. Hoffen wir, dass die Tenebrianer heute mal nicht auf uns schießen. Gestern mussten wir Natalya ins Krankenhaus bringen, vorläufig arbeitet sie nicht mehr mit uns an der Front.« Er blickt in die Kamera und steigt in ein Ausflugboot. Damit fahren sie ins Überschwemmungsgebiet. Manchmal ragen Baumkronen und Dächer aus dem Wasser. Kühlschränke schwimmen vorbei, Haustüren, Schränke, ein Auto. Hunde bellen auf Dächern. Das Boot fährt durch ein Viertel mit kunterbunten Häusern und wird langsamer.

In einer Tür steht eine Frau, das Wasser steht in ihrer Wohnung. Sie trägt Gummistiefel, ein Kleid und eine dunkelblaue Strickjacke. In den Händen hält sie eine große Einkaufstasche und einen Korb, aus dem eine Katze schaut. Das oberste Stockwerk ihres Hauses ist ausgebombt, zwar stehen noch die Mauern, doch die sind völlig verrußt.

»Dieses grauenhafte Wasserschwappen macht mich noch verrückt«, sagt die Frau.

»Mit dem heutigen Tag ist das vorbei«, sagt Olesja. Er dreht sich zur Kamera und hebt den Daumen. Dann steigt er aus dem Boot. Das Wasser reicht ihm bis zum Bauch. Er watet los, die Arme hoch in der Luft. Zuerst nimmt er der Frau die Katze ab, dann die Tasche. Beides schafft er ins Boot. Die Frau hebt er hoch, als wäre sie seine Braut. Sie flüstert ihm etwas ins Ohr.

»Ja, das muss sein«, lacht Olesja. Die Frau legt ihm die Arme um die Schultern und schüttelt den Kopf. Im Boot helfen ein Junge und ein Mädchen der Frau auf einen der Sitze. Früher saßen hier Leute auf einer Vergnügungsfahrt.

»Hast du alles?«, fragt Olesja die Frau.

»Nein, natürlich nicht«, herrscht die Frau ihn an.

Das Boot fährt weiter. Sie lesen einen alten Mann auf, anschließend eine junge Frau mit zwei Kindern. Auf dem Rückweg sammeln sie die Hunde von den Dächern ein. Das Boot legt in der Nähe einer Schule an.

»Hier kommen die Leute vorläufig unter«, sagt Bogdans Bruder in die Kamera. »Es ist kein richtiges Zuhause, aber immerhin haben sie ein Dach über dem Kopf und trockene Füße.«

Das Video endet mit einem letzten Lächeln von Olesja. Ich scrolle mich durch seine Fotos. Freunde, Familie. Immer weiter zurück in der Zeit, bis ich ein Foto von Olesja mit Bogdan entdecke. »Du fehlst mir, Mann«, steht da, »ich denke an dich, wir hören nicht auf, dich zu suchen.«

Bogdan nimmt mir sein Handy aus der Hand. »Schau dir das mal an: die Nacht der Notschniks, vor ein paar Jahren. In dieser Nacht tanzen wir das Böse fort. Bis in die Morgenstunden«, erzählt er. Auf dem Foto steht Olesja, neben einer alten, in Stroh gehüllten Frau.

»Unsere Oma«, sagt Bogdan stolz.

In ihren Flügeln stecken weiße und blaue Plastikblumen und funkelnde Weihnachtslichter.

»Vor einer Woche habe ich ihm geschrieben: ›Dieses Jahr tanzen wir gemeinsam.‹ Ich wartete auf Antwort, starrte ewig auf mein Telefon. Erst Stunden später meldete er sich. Er dachte nämlich, er hätte eine Nachricht von einem Gespenst bekommen.

Auf Bogdans Profil ist nur ein einziges Foto zu sehen: Er und Hrisja, umringt von der Künstlergruppe, die sie wachgetanzt haben. Sie lachen breit, recken den Daumen in die Höhe und bilden mit den Fingern das Peacezeichen.

»Ich kann das verstehen, er dachte, irgendwer verarscht ihn. Aber ich erzählte ihm Dinge von früher, die nur ich wissen konnte: Dass er einmal eine Spiderman-Figur mit einem Küchenmesser enthauptet hat, dass im Sommer einmal sechs streunende Katzen bei uns auf dem Hof waren und eine von ihnen hatte drei schwarze Striche auf dem Kopf – und die war so was von dämlich! Und dass unsere Mutter niemals weiße Unterhosen trägt, nur schwarze. Solche Sachen.«

Er macht das Handy aus. »Ich habe große Lust, ihn tanzen zu sehen.«

# ANNA, BABA YARA, VARJA, MARA, NICOLETA UND WIR, DIE DORFGENOSSEN

## VIER TAGE VOR DEM KRIEG IN BESULIA

Es ist die Nacht, in der wir das Böse, den Teufel und die Finsternis austreiben. Baba Yara steht in ihrer weißen Notschnik-Tracht mit ausgebreiteten Armen auf dem Feld. Direkt hinter ihr sehen wir im Mondlicht die sechsundfünfzig Häuser unseres jahrhundertealten Dorfs Utsjelinavka. Mit einer flinken Bewegung beginnt sie den Tanz: Laut klatscht sie in die unter dem langen weißen Fell verborgenen Hände. Zwischen den Bergen hallt es wider. Das ist der Auftakt. Noch einmal klatscht sie in die Hände und noch einmal, immer schneller. Durch das langsamere Echo im Tal verwandelt sich das Klatschen in ein rasantes Poltern, als würde ein Feind mit tausend Füßen gleichzeitig unsere Holzhäuser, Scheunen und das uralte Dorfhaus stürmen. Baba Yara hält für einen Moment inne, die Fäuste fest vor der Brust. Das bedrohliche Poltern vergeht. Sie verneigt sich tief, dann streckt sie wie in Zeitlupe ihre Arme dem bleichen Vollmond entgegen. Sie könnte ihn jetzt vom Himmel holen.

Baba Yara, unsere Dorfälteste, unsere tapfere Stara, unser weißes Tier, die stärkste Tänzerin von uns allen und die kraftvollste Austreiberin der Finsternis steht genau dort, wo wir als Kinder gelernt haben, das Böse zu bannen. Dort, wo sie sich jetzt hart auf die Brust schlägt und dreimal mit dem rechten Fuß aufstampft, hat sie uns den *Svaboda Samoverzjenja* beigebracht, haben wir gelernt, uns in einem beängstigenden Tempo im Kreis zu bewegen, uns so schnell um die eigene Achse zu drehen, dass wir uns hinterher unter dem alten Ahornbaum manchmal übergeben mussten.

Niemand sonst tanzt wie Baba Yara. Wenn sie ihre leuchtendbunte Notschnik-Maske aufsetzt, entfaltet sich in ihr eine Kraft, die so gewaltig ist, dass sogar der Wind auffrischt. Niemand sonst darf die Tracht tragen. Es gibt im Dorf auch nur diese eine. Wir tanzen neben ihr, als einfache Wesen, in viel einfacheren Kostümen. Uns

derart kraftvoll zu bewegen, ist uns noch nicht gestattet. Wir können den Teufel noch nicht herausfordern, sie aber tut es.
   sich irgendjemand von selbst erheben. Jemand, dem die Tracht passt. Jemand, der unter dem weißen Fell vollkommen verschwindet.«

Manchmal überlegen wir, wer das sein könnte: Mara, stark und hart, oder Nicoleta, energisch und lieb? Doch allzu lange denken wir nicht darüber nach, es ist noch nicht so weit, man soll den Tod nicht herausfordern.

Wir atmen tief ein und spüren, wie der Boden unter unseren Füßen bebt, wenn sie aufstampft. Wir klatschen und pfeifen. Die Nacht ist kühl, und doch schwitzen wir in unseren Wollkleidern. Wir folgen jeder ihrer Bewegungen und fühlen sie in unseren Muskeln.

»So geht das«, sagt Baba Yara und nimmt die Maske ab. Wir applaudieren und lassen die Legion von ausgetriebenen Teufeln noch einmal durchs Tal galoppieren.

»Das war wunderschön«, ruft ihre Enkelin Anna. Sie beendet die Aufnahme, drückt ein paar Knöpfe, sieht sich die Sequenzen an. Dann stellt sie die Kamera auf ein Stativ, geht etwas nach links und nach rechts, um die perfekte Aufstellung für den nächsten Shot zu finden.

»Noch einmal«, sagt sie entzückt, »dann habe ich alles!«

Baba Yara lacht laut und macht eine Geste, die bei uns im Tal üblich ist: Sie bildet mit den Händen eine Kugel und dreht sie kräftig in entgegengesetzte Richtungen, spaltet die unsichtbare Apfelsine in zwei Hälften. Wie einfach das bei ihr aussieht.

»Du beutest mich aus, Anna«, scherzt sie, während der unsichtbare Saft von ihren Fellfingern auf den Boden tropft. Sie drückt etwas fester zu, presst auch die letzte Flüssigkeit aus dem Fruchtfleisch und schaut uns an: »Seht ihr das? Meine Enkelin nutzt mich aus!«

Wir lachen. Eine Wolke schiebt sich vor den Mond, die Berge in der Ferne werden schwarz. Nur um Baba Yara leuchtet es noch, denn Anna hat eine Lampe neben sie gestellt. Sie ähnelt nun der Heiligen auf dem hässlichen Gemälde, das im Dorfhaus über der Tür hängt.

»Stara«, ruft einer von uns, »wäre es dir etwa lieber, wenn sie dich dabei filmt, wie du gekochte Eier in ein Einweckglas stopfst? Oder mit Sticktuch und Nadel in der Hand?«

»Ach, hör doch auf.« Sie sieht uns streng an. Unser Lachen verklingt. Die Wolke zieht weiter.

»Ihr wisst doch, warum ich so was sage.«

Sie schüttelt ihren Körper aus und sieht Anna stirnrunzelnd an. Oft werfen sie sich Blicke zu, die nur sie beide verstehen. Diesen aber verstehen selbst wir: Diese Nacht ist heilig, da sollte man nicht zu hoch pokern. Die Zeremonie stammt aus der alten Zeit, eine Tradition, die immer weitergegeben wurde: von der Mutter zur Tochter, vom Vater zum Sohn, von Stara zu Stara, immer an die nächste Generation. Der *Svaboda Samoverzjenja* ist so alt, dass eigentlich niemand weiß, wo er genau herkommt. Obwohl es eine Legende gibt, die wir einander seit Jahrhunderten erzählen. Eines Nachts, vor langer Zeit, verlor der Notschnik, ein Wesen, das sich im Nebel zwischen dem Leben und dem Tod bewegt, sein weißes Fell und sein farbenfrohes Antlitz. Beides büßte er in einem schweren Gefecht gegen das Böse ein, das ihm die Verantwortung für die Toten zu nehmen drohte. Sie schlossen einen Deal: Der Notschnik durfte nicht mehr allein gegen das Böse kämpfen, der Mensch sollte ihm fortan helfen. Doch dem Notschnik gefiel diese Idee kein bisschen: Der Mensch ist unzuverlässig und wählt oft den Weg, der ihm am wenigsten abverlangt oder schadet, selbst wenn das bedeutet, dass ein anderer darunter zu leiden hat.

»Das mache ich lieber selbst, das ist besser«, sagte er im stillen Wald, nachdem er dem Teufel einen schweren Schlag verpasst hatte, und versuchte, sich sein Fell wieder überzustreifen. Aber das gelang ihm nicht. Was er auch versuchte, es ließ sich nicht wieder anziehen. Um sicherzugehen, dass die Menschen sein weißes langes Fell und das bunte Antlitz überhaupt finden und sie gemeinsam mit ihm den Kampf gegen das Böse führen würden, begrub er sein verlorenes Äußeres unter einem jungen Ahornbaum. Der Baum sollte riesengroß werden. Menschen sollten im Sommer unter ihm sitzen, singen und tanzen.

Vielleicht würde daraus sogar eine richtige Zeremonie entstehen, dachte der Notschnik, zumindest wenn sie klug genug sind.

Das war wohlüberlegt, denn eines Tages entdeckte ein Mann tatsächlich das Fell, als er sein totgeborenes Kind unter dem Baum begraben wollte. Es war sein erstes Kind, ein Mädchen, das von jedem, noch bevor es auf der Welt war, geliebt wurde. Der Vater hob eine Grube aus und fand das Fell dieses Wesens, das seit hunderten von Jahren den Baum aus einiger Entfernung im Auge behalten hatte.

»Das hat bestimmt etwas zu bedeuten«, sagte der Mann zu sich selbst, was den Notschnik wahrhaft begeisterte, so sehr hatte er die Warterei mittlerweile satt. Der Mann tauschte sein liebes totes Kind gegen das Fell und die Maske. Beides brachte er zur Dorfältesten, einer weisen Stara. Sie streichelte das Fell, roch daran und sagte, das Böse würde das Mädchen nicht mitnehmen: »Sie wird keine *schlechte Tote* werden, dafür werden das Fell und ich schon sorgen, obwohl ich im Moment noch nicht genau weiß, wie. Geh nach Hause und, das ist wichtig, weine nicht. Tut mir leid, aber so ist es eben.«

Der Mann ging. Die alte Frau zog sich das Fell über, setzte die Maske mit den auffallend leuchtenden Farben auf und schlief wochenlang unter dem Baum neben dem Grab des Mädchens, eingewickelt in eine dicke Decke. Jede Nacht, bevor sie schlafen ging, vollführte die Stara einen Tanz, der mit jedem Tag an Bewegungen hinzugewann. Drei Wochen später nannte sie den Tanz *Svaboda Samoverzjenja*. Was es bedeutet, wissen wir nicht genau, irgendetwas, das die Finsternis vertreibt und für Freiheit und Sicherheit sorgt. Doch dem Tanz fehlte noch ein geeigneter Abschluss, so ging sie den ganzen Nachmittag bis zum Sonnenuntergang durch das Dorf, auf der Suche nach etwas, das nur von dort war, aber irgendwie auch nicht. Schließlich erreichte sie das Haus der Eltern des toten Mädchens und pflückte im Garten eine Apfelsine.

»Vielleicht sollte ich sie über ihrem Grab auspressen«, sagte sie zu dem Mann, »damit sie zu Ruhe findet. Der Saft wird ihr guttun, er ist süß und scharf, er wird sie erquicken und ihr gleichzeitig in die Zunge beißen, sie spüren lassen, wie das Leben prickelt, auch dort, wo sie jetzt ist.«

Der Mann war noch immer in tiefer Trauer, bot ihr aber ein Messer an, um die Apfelsine aufzuschneiden. Das aber schlug die Stara aus: »Das schaffe ich mit bloßen Händen.«

Sie ging zu dem Ahornbaum, unter dem das tote Mädchen lag, tanzte und schraubte zum Schluss heftig an der Apfelsine herum. Nichts geschah. Sie vollführte den Tanz noch einmal, aber die Apfelsine brach nicht entzwei. Da kamen Zweifel in ihr auf. Sollte das wirklich den *Svaboda Samoverzjenja* beschließen, konnte das stimmen? Eine Apfelsine? Als sie darüber nachdachte, fiel ihr ein Geräusch ein, das ihr Vater früher, als sie noch ein Kind war, oft gemacht hatte: *zjafphnk*! So ungefähr.

»Wie eine Apfelsine, die in zwei Hälften zu Boden fällt«, hatte sie damals kichernd gesagt. Ihr Vater war ein lieber Mann gewesen, aber ab und zu komplett irre. Bald danach verlor er eine Hand, weil er dachte, es sei eine gute Idee, im Wald einen Bären zu streicheln.

»Aber er wusste doch eine ganze Menge«, murmelte sie und wagte es. Sie tanzte, hielt die Apfelsine fest in ihren Händen, sagte leise *zjafphnk*, und siehe da, die Frucht brach auf. Hopsa! In zwei Hälften. Mit geschlossenen Augen presste die Stara den klebrigen süßen Saft über dem Grab des Mädchens aus. Danach wickelte sie sich in ihre Decke und fiel in einen tiefen Schlaf. In dieser Nacht sah sie die Hand ihres Vaters auf dem Kopf des Bären. Die Hand kitzelte das wilde Tier hinter den Ohren, die Finger bewegten sich mal hier, mal dort über den Bärenkopf, so dass er gehorchte. Die Hand ihres Vaters und der Bär schienen zusammen glücklich zu sein.

Die Tanztracht unseres Dorfes ist Jahrhunderte alt, sie wurde mit Sorgfalt zusammengenäht, wird gebürstet und gekämmt, sicher verwahrt bis ins nächste Jahr, in einer speziellen Truhe, die reihum bei den Familien des Dorfes steht, im Kleiderzimmer, dem Zimmer, in dem wir unsere Garderobe für Begräbnisse und Hochzeiten aufhängen. In diesem Zimmer sitzen wir eigentlich nie, nicht einmal, wenn hoher Besuch kommt. So war das in Besulia schon immer, fragt bloß nicht, warum.

»Anna, denkst du, es ist wirklich klug, dass wir aller Welt zeigen, wie wir uns auf den Rand der Totenwelt zubewegen?«

»Ja, es ist wichtig. Immer mehr Menschen müssen das wissen, Oma.«

»Hab keine Angst«, sagten wir zu Baba Yara. »Die Menschen müssen sehen, wie wir auf den Boden stampfen und unsere Arme zum Himmel heben und nicht einem Gott zurufen, einem Heiligen oder einem Erlöser, sondern unserer eigenen Kraft, die in unseren Körpern von den Zehen bis zum Scheitel zu leben beginnt, wenn wir geboren werden: der Drang, das Böse zu bekämpfen. Wie wir den Bergen einen tiefen Klang abringen, wenn wir aufstampfen. Wie wir unseren Brustkorb mit Luft vollpumpen und am Anfang und am Ende unseres Tanzes dagegen schlagen, wie wir den Apfelsinenton ausstoßen. Unser Tanz ist eine schmale Gasse, durch die man sich seitwärts zwängt, um auf die andere Seite zu gelangen. Fort vom Bösen, näher zu den guten Dingen des Lebens. Unser Tanz hat vielen Menschen geholfen und uns immer in letzter Sekunde gerettet.«

»Ihr sollt tanzen«, sagt Baba Yara, und nicht immer nur auf eure Telefone glotzen.«

»Stell dich mal da hin«, schlägt Anna vor. »Das Mondlicht ist so schön.«

Baba Yara strafft die Schultern und macht sich daran, sich mit der Faust auf die Brust zu schlagen.

»Der Baum am Grab meiner Mutter bekäme heute einen neuen krummen Ast dazu, wenn sie wüsste, was ich hier mache.«

»Jaja«, lacht Anna, »nach diesem Take sind wir hier fertig, versprochen. Sie wird nichts davon mitbekommen. Und fang diesmal etwas schneller an. Damit die Leute denken, du bist wirklich aus einer anderen Welt.«

Baba Yara seufzt, wirft ihrer Enkelin einen letzten grimmigen Blick zu und setzt die Maske auf. Die Haare, die ihr einen halben Meter zu Berge stehen, bewegen sich im Wind. Anna dreht sich zu uns um und winkt.

Wir stehen auf und gehen den Hügel zum Feld hinauf. Bei jeder Bewegung bimmeln die Glöckchen an unseren Hüften. Wir versammeln uns hinter unserer Stara, setzen die kleinen Masken auf: ein Ziegenkopf mit Perlen in Grün, Weiß, Gelb, Rot und Blau. Eine schwarz bemalte Totenmaske. Das Gesicht einer breitgrinsenden Ziege. Wir wärmen uns auf, schwingen die Arme vor der Brust. Wir stampfen auf, springen auf und ab. Dann hebt Baba Yara die Hand, und wir stehen still.

»Tanzt«, sagt sie.

»Tanzt!«, ruft Anna.

Baba Yara schlägt sich die Faust auf die Brust. Genau in dem Moment ertönt hinter den Bergen ein lauter dumpfer Knall. Als würden tausend dicke Bäume gleichzeitig umfallen und auf den weichen Waldboden krachen. Zwölf Wolken ziehen am Mond vorbei. Wir sinken zu Boden, stützen unsere Hände auf der Erde ab. Nach dem Knall leuchtet der Himmel grell auf und wird gleich wieder schwarz. Hinter den Bergen steigt eine Lichtkugel auf, die wie ein aufgehendes Brot aussieht. Ein Rumpeln geht durch die Berge. Baba Yara blickt sich um, hoch zum Licht, das sich in alle Himmelsrichtungen auflöst. Wir folgen ihrem Blick.

»Anna«, flüstert sie, »hast du das gefilmt?«

Anna nickt. Die Augen ihrer Oma sind plötzlich so groß wie Zwiebeln, die Iris ist nicht mehr blau, sondern dunkel. Schwarz.

»Ich habe so etwas schon einmal gesehen«, sagt unsere Stara. »Zusammen mit deiner Mutter. Wie lange mag das her sein, siebzehn Jahre? Wir wanderten damals hoch auf den Berggipfel und schauten von dort nächtelang nach Osten, Richtung Upasi, das damals angegriffen wurde. Wir waren ängstlich, aber auch neugierig. In den wolkenlosen Nächten sahen wir im Minutentakt den Bombenexplosionen in der Ferne zu. Das Knallen hörten wir immer erst ein paar Sekunden später. Deine Mutter war ganz still. Sie hielt meine Hand fest und schaute zu. Ich erzählte ihr, dass ich dort schon als kleines Mädchen mit meinem Vater gesessen hatte: Er nahm mich mit zu diesem Gipfel und zeigte mir die scharfen Kanten der Berge. Einfach, um die Schönheit der Natur zu betrachten, dachte ich, nach Wanderwegen zu suchen, um bald Neues zu entdecken. Er zog mich an sich und sagte: ›Manchmal liegt irgendwo eine Grenze, Mädchen. Dort zum Beispiel, hinter dem Gebirgskamm im Norden. Du musst dich von da fernhalten. Dort erzählen sich die Leute Geschichten, in denen sie uns zu Teufeln machen.‹ Als Kind dachte ich immer, ich würde mich in eine Schauergestalt verwandeln, sobald ich über diese Grenze ginge. Nachts träumte ich von einem schwarzen Fell um meine Augen und dass sich mein Körper plötzlich nach Gewalt sehnen würde. Ich war in diesen Träumen ein hinterlistiges Ungeheuer, das durch finstere Dörfer streift und Menschen dazu verführt, in Waldmoore zu gehen und dort zu ertrinken, sodass ich, wenn sie ihren Atem ausgehaucht hatten, in ihren Körpern hausen könnte. Mein Vater sagte, dass es sich viel einfacher verhielt. Wenn man jemanden nur oft genug das Böse nennt, hüllt man ihn wie von selbst in das Dunkle, vor dem sich die anderen fürchten. Jeder hat Angst vor der Dunkelheit. Und jeder wird sich gegen diese Angst wappnen.«

Der Mond kommt wieder hervor, Anna nimmt die Kamera und zoomt langsam an ihre Oma heran, lässt sie erzählen und erzählen.

»Als ich dort mit deiner Mutter gesessen habe, fielen die Bomben weit hinter der Grenze«, sagt Baba Yara. »Die Bombe, die eben gefallen ist, scheint mir auf unserer Seite der Grenze abgeworfen zu sein. Was meint ihr?«

Wir, die wir früher auch die Explosionen in der Ferne beobachtet haben, kneifen die Augen zu und versuchen, den Unterschied zwischen *weit genug entfernt* und *gefährlich nah* auszumachen. Etwas in unseren Mägen zieht sich zusammen. Eine weitere Lichtkugel steigt auf. Kurz danach folgt der Knall, dieses Mal noch näher als zuvor. Noch mehr Licht. Der alte Baum, neben dem wir gesessen haben, wirft lange Schatten auf unseren Dorfboden.

»Die war jedenfalls auf unserer Seite der Grenze«, sagen wir und betrachten die Erde.

»Dann müssen wir weiter tanzen«, schlägt unsere Stara vor. Wir stimmen zu und stehen wieder auf. Baba Yara bringt die Faust zur Brust. Wir tun es ihr nach.

»Tanzt«, brummt sie.
Jetzt schlägt sie sich mit voller Wucht gegen die Brust.
»Tanzt.«

Hinter den Bergen leuchtet es nun schon die dritte Nacht in Folge. Das dumpfe Donnern erinnert uns an die Gewitter in den heißen Sommerwochen, wenn dunkelgraue Wolken ins Tal ziehen und sich immer tiefer über die Häuser legen, bis sie zu schwer werden und sich öffnen, und dicke Tropfen auf unsere Erde einschlagen. Manche von uns warten nun schon seit Tagen auf Regen, in der Hoffnung, dass es doch nur die Natur ist, die mit Gewalt über uns hereinbricht.

»Ich kriege es nicht in meinen Kopf«, sagen wir, »nach jedem Einschlag ist es sofort wieder still.«

Seit vier Tagen tanzen wir im Schichtdienst, immer zu siebt oder acht. Nach einer Stunde, oder auch nach einer Explosion, lösen wir uns ab. Unsere Telefone stehen keinen Moment still: »Sie sind im Land. Sind sie schon bei euch?«

»Nein.«

*Noch nicht*, tippen wir manchmal unwillkürlich hinterher – und löschen die Worte sofort wieder.

Anna ist immer in unserer Nähe, mit ihrer Kamera und dem ganzen Drum und Dran. Sie filmt, wie wir unseren ehemaligen Dorfgenossen, die längst in die Stadt oder ins Ausland gezogen sind, versichern, dass in Utsjelinavka noch nichts passiert ist.

»Und bei euch?«, fragen wir.

Anna richtet das Objektiv dann direkt auf unsere Displays, wartet bis ... *schreibt* ... erscheint: »Ein Mietshaus um die Ecke wurde getroffen, wir sind mit all unseren Lebensmitteln in den Keller geflüchtet, der ist überfüllt, haltet durch, wir denken an euch.«

»Ja, ich bin gleich dran.« Mara schaut nicht in die Kamera, sie behält ihr Telefon im Auge. Seit Tagen schreibt sie sich mit ihrem Vater. Ihre Mutter ist krank, die Medikamente gehen langsam aus.

»Ich drehe weiter, bis du anfängst«, sagt Anna.

Mara nickt zerstreut. In der Ferne ertönt eine Explosion. Wir stampfen auf. Recken unsere Arme zum Himmel, klatschen in die Hände. Anna schraubt die Kamera auf ein Stativ, geht mit einer Lampe um uns herum, lässt unsere Gesichter im Licht aufleuchten und in der Dunkelheit wegtauchen. Der Berg hinter uns grollt und rumpelt, Fels splittert, das Holz der Häuser kracht, das Erdreich klafft auf. Die Splitter des Lärms verhaken sich in unseren Armen und Bäuchen. Kälte zieht von unseren Rücken in die Zehen. Unsere Handys klingeln alle gleichzeitig. Ein schriller Alarm plärrt aus Dutzenden Lautsprechern, aus denen normalerweise die Stimmen unserer Mütter, Freunde, Väter, Geliebten und Verwandten klingen. Wir tanzen weiter und tun, als hören wir den Lärm nicht, wir ballen die Fäuste, dann stecken wir die Hände in die Taschen und fischen unsere Handys heraus. Baba Yara presst die Nase fast an ihr Telefon mit den extra großen Tasten.

»Was bedeutet dieses rote Dreieck?«, brummt sie.

Einer von uns reißt Anna die Lampe aus der Hand, rennt zu Baba Yara, spendet ihr Licht.

»Liebe Landsleute«, liest sie vor. »Heute Nacht um 01:57 Uhr wurde unser Land von unserem nördlichen Nachbarn angegriffen. Geht in eure Häuser. Haltet Fenster und Türen geschlossen. Wartet auf weitere Instruktionen. Hört Radio. Geht sparsam mit den Batterien eurer Elektrogeräte um.«

Baba Yara verzieht das Gesicht. Plötzlich sieht sie wie eine Pflaume aus, die zu lange in der Sonne gelegen hat. Anna gibt die Kamera an Varja weiter. Sie fällt ihm aus der verschwitzten Hand. Er hat gerade noch getanzt. Anna setzt sich neben ihre Oma.

»Richte die Kamera auf mich«, sagt sie zu Varja, »mein Gesicht in Großaufnahme.«

Unbeholfen und ruckartig zoomt er auf Annas Gesicht, die dreimal in der Woche bei ihm und Nicoleta am Esstisch sitzt.

»Wer hat die Lampe? Könnt ihr mich besser ausleuchten?«

Mit jeder Bewegung des Lichts sieht Annas junges Gesicht anders aus. Wir bemerken, wie sehr sie ihrem Vater ähnelt. Genau wie der charismatische Mann aus der Stadt, der sie gezeugt hat und noch vor ihrer Geburt verschwand, hat sie eine starke Kinnpartie und volle Lippen.

»Ja. So. Perfekt«, sagt sie. »Varja, fang an zu filmen.«

Sie holt tief Luft, schließt kurz die Augen und klatscht in die Hände. »Hallo, liebe Menschen in Nah und Fern. Da bin ich wieder!« Sie lächelt breit, dann wird sie ernst. »Ihr kennt ja meine Geschichten über mein Dorf und unsere Traditionen. Und jetzt werdet ihr mich noch ein wenig anders kennenlernen: Ich bin Anna, dies ist mein Dorf im Land Besulia. Seit zwei Nächten befindet sich unser Land im Krieg. Wir werden angegriffen. In der Ferne fallen Bomben. Wenn ihr dieses Video seht, teilt es bitte. Wir haben Angst. Wir wissen nicht, was auf uns zukommt. Ich werde in den nächsten Tagen von meinem normalen Content abweichen und über die aktuelle Lage in meinem Dorf berichten.« Sie hält einen Moment inne, bedeutet Varja, dass er in die Totale übergehen soll und das Licht etwas nach hinten geschoben werden muss. Und so kommen wir, die Dorfbewohner, die nun hinter Baba Yara und Anna stehen, auch ins Bild. Wir richten uns auf und blicken ernst in die Kamera.

Anna fährt fort: »Wie ihr es bereits aus meinen anderen Videos wisst, liebe Follower, ist unser Tanz, der *Svaboda Samoverzjenja*, unsere Stärke. In Zeiten der Not ist er unentbehrlich. Wir tanzen ihn auch heute Nacht, bis die Sonne über den Bergen aufgeht. Hoffentlich reicht das aus, um dem Spuk ein Ende zu setzen. Das war's fürs Erste. Aber ich melde mich bald wieder. Bitte denkt an uns. Ich liebe euch!«

Wir erinnern uns, dass wir Anna diese Kamera vor zwei Jahren zu ihrem sechzehnten Geburtstag geschenkt haben. Nicoleta und Varja hatten tagelang im Internet nach dem perfekten Apparat gesucht. Nicht zu schwer, hohe Bildauflösung, mit den richtigen Kabeln, um ihn mit dem Laptop zu verbinden, lange Akkulaufzeit für mehrere Tage in der Natur, um die heiligen Stätten rund um das Dorf zu filmen. Am sechsten Tag trafen sie eine Entscheidung: Sie zeigten Baba Yara ein Foto der Kamera, und sie stimmte zu. Jeder gab dazu, was er konnte. Er waren nur vierzig Autominuten zu dem Laden, der das Modell verkaufte – und das noch zum besten Preis.

»Ihre Träume liegen außerhalb unserer Dorfwege«, sagte Baba Yara stolz, »schenken wir ihr etwas, mit dem sie später fortgehen kann, aber das sie auch an uns und unser schönes Dorf erinnert.«

Wir hören es sie noch sagen, unsere Stara: »Außerhalb unserer Dorfwege, vielleicht sogar außerhalb unserer Städte, unseres kleinen Lands, das kaum jemand kennt. Sie könnte unsere Stimme sein, so gehen wir wenigstens nicht verloren.«

Anna stellt das Video auf ihrem Social-Media-Account online. Jeder von uns, der nicht tanzt, sitzt auf der Decke um sie herum. Wir schauen zu, wie sie ihr Profil immer wieder aktualisiert. Fünf Views, achtzehn, neunundvierzig, hundertelf. Sechsmal geteilt, neunzehn, vierundfünfzig, ein *reaction video* einer jungen Frau irgendwo weit von hier entfernt. Nach der Hälfte fängt sie zu weinen an, so sehr nimmt sie Annas Schicksal mit. Siebenhundertdreiunddreißig Views, dreihundertsiebenundsechzig Likes, noch mehr Shares.

»Sie sehen uns«, sagt Anna immer wieder. Wir nicken, spüren, wie der Stolz in unseren Mägen hochbrodelt. Irgendwo auf halber Strecke bleibt er stecken, sodass wir glauben, uns übergeben zu müssen. Wir flüstern uns zu: »Gut, das ist gut. Hoffentlich ist es das einzige Video, das wir brauchen.«

»Das hoffe ich auch«, sagt Anna, »und diese Leute, also die Leute, die mir schon lange folgen, sind sehr nett. Sie wollen immer alles wissen und sehen.«

Siebenhundertachtundvierzig Views.

»Falls es hier doch schiefgeht, werden sie uns bestimmt helfen.«

Baba Yara sitzt in ihrem Korbstuhl im Saal des Dorfhauses. Sie hat ihre weiße Pfeife angezündet. Ab und zu bläst sie Rauchwölkchen in die Luft. Vorsichtig, ohne den alten Dielenboden im großen Saal allzu sehr zu beschädigen, setzen wir uns um sie herum.

»Gut«, sagt sie, »Tag drei. An sich eine schöne Zahl, drei Heldinnen, drei schöne Blumen, drei Vögel in der Luft. Jetzt gehen mir andere Dreiergruppen durch den Kopf: Ungeheuer mit sechs Köpfen, neun, zwölf.« Sie zieht an der Pfeife. »Wie geht es weiter?«

Sie sieht Mara an, die eine Tabelle hochhält.

»Wir tanzen weiter, Tag und Nacht. Tragt euch ein, wann es euch passt. Die anderen können in der Zwischenzeit Lebensmittel auftreiben oder Holzhacken.« Wir nicken und geben die Tabelle weiter, schreiben unsere Namen in die leeren Zeilen. Zjenja sagt, er wolle alte, lange nicht mehr genutzte Generatoren instandsetzen: »Für den Fall, dass der Strom ausfällt.« Varja und Nicoleta planen eine Fahrt zu anderen Dörfern: Wir versuchen, Batterien und Akkus für Annas Kamera aufzutreiben. Unsere Stara nickt zufrieden.

»Sonst noch was?«

Einer von uns nickt. Er hat seit gestern Abend den Kontakt zu einem alten Schulfreund verloren. Der Freund wohnt im Norden, ganz in der Nähe des Grenzverlaufs. Er liest uns seine letzten SMS vor:

»Sie sind bald hier.«

»Sie gehen von Tür zu Tür, ich kann sie hören.«

»Macht eure Keller bereit. Wir sitzen schon in unserem.«

»Denkt an uns.«

Wir schweigen ein paar Sekunden. Baba Yara hustet und zeigt dann auf ihre Enkelin. Anna nickt und hält ihr Handy hoch.

»Mein Video aus der ersten Kriegsnacht wurde über Hunderttausend Mal geteilt«, sagt sie, »und eine Millionen Mal angesehen.«

Das Telefon geht herum, wir lesen Posts von Menschen aus der ganzen Welt:

*Oh nein!* 🙁 *bleibt stark!*
*Die Schweine müssen abziehen. Und zwar sofort!*
*Ich denke an euch.*
*Frieden ist die einzige Lösung!* 🌸
*Bin neu auf deinem Kanal, habe deine alten Videos angeschaut. Noch nie so ein schönes Land gesehen. Ich wünschte, ich könnte dein Dorf besuchen und deine liebe Oma treffen! Ich hoffe, dass der Krieg schnell wieder aufhört. Dann komme ich!*

Wir fühlen uns geehrt. Die Menschen sehen und hören uns. Wir sagen, Anna müsse sich bei jedem Einzelnen bedanken.

»Mit einer persönlichen Nachricht«, drängt Mara, »damit sie wissen, dass wir keine Roboter sind, sondern echte Menschen.«

»Das ist unmöglich«, sagt Anna, »das sind Tausende Nachrichten.«

Baba Yara legt die Pfeife in einen granatapfelförmigen Aschenbecher, bittet um das Handy, setzt ihre Lesebrille auf und scrollt durch die Nachrichten.

»Mädchen, wir haben dich immer zur Dankbarkeit erzogen. Wäre deine Mutter nicht im Ausland, würde sie dir jetzt dasselbe sagen.«

Anna seufzt. Varja nickt zustimmend. Nicoleta sagt: »Wir haben herumtelefoniert und fünf Kamerabatterien für dich aufgetrieben. Seit Kriegsbeginn kosten die Dinger ein Vermögen. Wer weiß, wofür wir das Geld später noch dringender gebraucht hätten. Du sollst unsere Geschichte auch weiterhin in die Welt tragen, aber dafür müssen wir mit den Leuten in Kontakt bleiben. Sonst vergessen sie uns ganz schnell wieder.«

Anna verschränkt die Arme und lässt den Fuß über dem Boden kreisen.

»Entschuldigt«, flüstert sie, »ihr habt ja recht.«

»Ist nicht schlimm, Anna«, sagen wir, und küssen sie auf die Wange, streichen ihr übers Haar. »Wir machen es gemeinsam.«

»Und ruf deine Mutter an«, sagt Baba Yara streng, »bald wird das nicht mehr möglich sein.«

Anna schreibt ihren Benutzernamen *AnnaFromBesulia* sowie das Passwort ihres Videokanals auf ein großes Blatt Papier und heftet es mit zwei Reißzwecken an die Wand. Wir setzen uns an unsere Laptops, loggen uns mit unseren Handys ein. Unsere Geräte beginnen wie wild zu piepen und zu pingen.

»Also los«, sagt Anna über das Gebimmel hinweg, »beantwortet bitte jeden Kommentar freundlich. Danach aktualisiert ihr die Seite und macht euch an den nächsten Kommentar.«

Varja stellt sich neben sie: »Ich versuche, den Überblick zu behalten, doppelte Antworten lösche ich.« Er setzt sich an das Kopfende der provisorisch zusammengeschobenen Tischinsel und verbindet seinen Laptop mit dem Beamer. Annas Profil erscheint hinter ihm an der Wand. Die Zahl ihrer Follower ist in den letzten Tagen exponentiell gestiegen: von 9868 auf 236.781. Wir, aus unserem winzigen Ort mit gerade mal hunderteinundvierzig Einwohnern, versuchen uns vorzustellen, wie das ausgeschrieben aussieht: zweihundertsechsunddreißigtausendsiebenhunderteinundachtzig. Wir sehen sie schon in unserem Tal stehen: Sie bilden eine schützende Mauer um unsere Häuser, und sie alle tanzen, gleichzeitig, mit unsichtbaren Apfelsinen in der Hand, mit den Armen in der Luft und gleich danach schlagen sie sich mit ihren Fäusten auf die Brust. Wir spüren ihre stampfenden Füße auf der Erde, hören unsere Holzveranden knarren.

»Oh, und stellt eure Geräte auf stumm, sonst werden wir von dem Gepiepe noch verrückt«, unterbricht Varja unsere Gedanken.

Das machen wir, dann sehen wir uns um. Normalerweise feiern wir hier Geburtstagsfeste, tanzen bis tief in die Nacht und essen an langen Tafeln – jeder mit einer eigenen Flasche Alkohol neben dem Teller. Wir sehen die Speisen vor uns: große Platten mit gefüllten

Eiern, Schalen mit geräucherten Auberginen, Schüsseln voll Walnusscreme und Granatapfelkernen, kleine dünne Reibekuchen mit saurer Sahne und Schnittlauch. Jetzt erinnert der Saal an ein Großraumbüro: Verlängerungskabel, in der Ecke ein Internetmodem, zusammengeschobene Tische.

In der Ferne fallen Schüsse. Das Heulen der durch die Luft sausenden Kugeln und Raketen vermischt sich mehr und mehr mit dem Rauschen des Windes, den wogenden Grashalmen im Tal, dem Bellen unserer Hunde. Manchmal vergessen wir, dass hinter den Bergen schwere Stiefel auf uns zu marschieren, manchmal ist es plötzlich so still, dass wir meinen, unser Land wird gar nicht angegriffen.

»Krieg beginnt nicht mit Explosionen«, haben wir irgendwo einmal gehört, »Krieg beginnt mit Stille.«

Ein lauter Knall, näher diesmal, aus dem Tal. Varja läuft zum Fenster, starrt über den Friedhof auf die Berge und versucht, etwas zu erkennen. Angst tobt in unseren Mägen, wir stellen uns auch kurz an die Fenster, setzen uns wieder. Wir versuchen, uns zu konzentrieren, tippen originelle Antworten, damit sich jeder einzelne Follower einzigartig fühlt: »Vielen Dank, dass du uns beistehst! Folge uns auch weiterhin! Gerade ist eine Bombe abgeworfen worden, eine Autostunde von uns entfernt.«

Mara hat vier Antworten getippt, als ihr Handy klingelt. Ihr Vater.

»Ich kenne da jemanden über drei Ecken«, sagt sie, »erinnerst du dich noch an Oleg? Bei euch in der Straße. Ich habe früher immer draußen mit ihm gespielt. Ja, Papa, wir sind noch immer befreundet. Nein, er ist nichts für mich. Seine Schwester, Papa, die arbeitet in einem Krankenhaus. In der Stadt. Gott, wie heißt sie nur?«

Wir bedanken uns bei *EmilyattheFarm* für ihre drei Herzen und überlegen dabei, wie Olegs Schwester heißt. Sie war zwei Mal hier im Dorf zu Besuch. Sie war nicht so überschwänglich wie ihr Bruder, der dauernd gestikulierte, lauter sprach als Varja und Baba Yara mit schlüpfrigen Witzen fürchterlich zum Lachen brachte, was sonst nicht ihre Art ist. Wenn Oleg Mara besuchte, stellte er sein Auto mitten auf zwei Parkplätze vor Zjenjas Supermarkt. Der kam dann raus und bat Oleg um den Autoschlüssel: »Ich mache das schon, das ist doch kein Anblick. Ich mag dich. Aber Autofahren kannst du kein bisschen.«

»Anja!«, ruft einer von uns durch den Raum. »Anja! Sie konnte besser einstecken als Oleg, und die Richtung vorgeben sowieso.«
Mara hat noch das Telefon am Ohr und hebt den Daumen, sie hält den Zeigefinger an die Lippen, damit wir still sind.
»Anja, Papa. Die müssen wir fragen. Sie weiß bestimmt, wo wir die Medikamente für Mama bekommen. Und ihr Nachname?« Wir tippen möglichst leise weiter, während Mara nach Stift und Papier sucht, um Anjas Nachnamen zu notieren. »Mach dir keine Sorgen, Papa, ich werde sie finden.«
»Vielen Dank, liebe *EmilyattheFarm*!«, schreiben wir. »Danke für dein Mitgefühl! Wir bleiben tapfer und du folgst uns bitte weiter! Der Krieg scheint sich zuzuspitzen, bald kommt ein neues Video!«

Immer wieder überweisen Follower Geld auf Annas Account, wir haben schon über dreihunderttausend Flilar zusammen. Das verdrießt uns, denn Geld nützt uns wenig.

»Glauben die etwa, mit Geld könnten wir die Kugeln und Bomben aufhalten?«, fragt Varja. Er hat, wie Mara auch, schon zweimal auf seine Tastatur eingedroschen. »Die sollen tanzen. Oder auf die Straße gehen, etwas machen, sich allesamt auf die Grenzlinie legen.«

Der Strom fällt aus und springt wieder an, die Lämpchen des Internetmodems und der Signalverstärker blinken emsig oder tun gar nichts. Wir haben heute erst sechzehn Kommentare beantworten können. Die beste Antwort bis jetzt kam von Mara – vielleicht nur etwas zu lang: »Hey, *Lost_intellectual_03*, vielen Dank für deine Spende! Sehr nett! Ich werde sie dorthin weiterleiten, wo sie wirklich gebraucht wird. Wusstest du, dass es nicht nötig ist, für uns Geld zu spenden? Was wirklich hilft, ist viel einfacher: Tanz für uns! Das klingt vielleicht verrückt, aber dein Tanz stärkt uns. Je mehr von euch überall auf der Welt tanzen, desto besser! Deshalb stellen wir heute ein erstes Lehrvideo von unserer lieben Baba Yara online! Sie wird euch erklären, wie wir hier gegen das Böse antanzen, mit dem *Svaboda Samoverzjenja*, damit ihr mit uns mittanzen könnt!«

Anna sitzt mit ihrem Laptop auf dem Schoß auf einer Bank im Flur. Sie chattet mit ihrer Mutter und verschiebt gleichzeitig auf einem anderen Bildschirm Filmsequenzen hin und her, schneidet manchmal ein paar Sekunden heraus. »Ich bin okay, Mama. Baba, Nicoleta und Varja sorgen gut für mich ... nein, du brauchst nicht kommen ... zu gefährlich ... was wir von den Grenzgebieten hören, klingt nicht gut ... ich weiß nicht, ob du noch über Upasi reinkommst ... Varja hat ja einen Keller, und den von Baba richten wir gerade her

... hab keine Angst, Mama, das bringt doch nichts ... ich rufe dich heute Abend wieder an.«

Vom Flur dringt Baba Yaras Stimme zu uns: »Raketen werden nun auch auf unser Dorf abgefeuert. Bitte tanzt. Tanzt, tanzt. Tanzt den traditionellen *Svaboda Samoverzjenja*, wenn es irgend geht. Ihr kennt das Video von meiner Enkelin Anna. Mitten in der Nacht tanze ich auf dem großen Hügel in meiner weißen Tracht. Jetzt werde ich euch unseren Tanz beibringen. In drei Teilen. Ich werde mich langsam bewegen, so könnt ihr gleich mitmachen. Dies ist der erste Teil vom *Svaboda Samoverzjenja*, unsere Zeremonie, um den Teufel und das Böse zu vertreiben.«

Varja steht auf und geht zu Anna hinüber.

»Anna, setz deine Kopfhörer auf! So kann sich doch kein Mensch konzentrieren.«

Er knallt die Tür zu, tritt gegen den Papierkorb. Zusammengeknülltes Papier kullert heraus. Brummend presst er den Rücken an die Wand und sinkt zu Boden. Das Modem geht wieder an. Und aus. Varja legt den Kopf auf die Knie. Er weint.

Letzte Nacht landeten große Granatsplitter in Varjas Garten. Die Streukörper schossen in die Schuppentür, zerkratzten die Autotüren, zerbrachen die Scheiben des Gewächshauses und der beiden Wohnzimmerfenster. Der Rest des Geschosses kam auf der Straße direkt vor seinem Haus auf. Die erste Rakete, die unser Dorf erreicht hatte. Wir schreckten aus dem Schlaf, suchten nach Taschenlampen und aus Angst, es könnte gleich noch etwas explodieren, verstecken wir uns unter den Betten, in Badewannen und Küchenecken. Varja zerrte Nicoleta aus dem Bett und schob sie darunter. Er setzte sich den alten Bergmannhelm seines Vaters auf und ging nach draußen. Auf Zehenspitzen, aus Angst, in etwas Gefährliches zu treten, schlich er durch den Garten zum Schuppen, um eine Taschenlampe zu suchen. Als er sie gefunden hatte, rannte er in den Garten und brüllte wütend in die Schwärze: »Na los, kommt schon! Ihr Vollidioten!«

Seine Stimme verhallte in der sonst ruhigen Nacht, in der es noch viel stiller war als sonst. Wir öffneten vorsichtig die Fenster.

Mara und Baba Yara schrieben in den Dorf-Chat, dass alle in ihren Häusern bleiben sollten. Die beiden gingen zu Varja hinüber, um sich den Schaden anzusehen. Und nicht nur die beiden Frauen standen neben Varja im Garten, bei den zerfetzen Blumen- und Gemüsebeeten, sondern inzwischen auch Anna. Sie hatte ihre Kamera dabei und hielt eine Lampe in der Hand, die sie Mara reichte.

»Leuchte damit auf sein Gesicht«, sagte sie und fing an zu filmen. Varja stand in seiner blauen Boxershorts, dem weißen T-Shirt und mit dem Helm seines Vaters auf dem Kopf zwischen seinen zerschossenen Tomatenstauden. In den Armen hielt er eine blutende Henne. Das Tier atmete unregelmäßig, seine Knopfaugen blinzelten schnell.

»Die Henne wird es nicht schaffen, die Henne wird es nicht schaffen«, murmelte Varja.

»Das befürchte ich auch, mein Junge«, sagte Baba Yara, »aber halte sie gut fest.«

Varja nickte und sah Anna an.

»Bist du jetzt etwa rasende Kriegsreporterin? Weiß deine Mutter, dass du bei einem Luftangriff draußen herumschleichst?«

Baba Yara flüsterte ihrer Enkelin ins Ohr, dass sie ruhig bleiben solle (»sachte, sachte, du weißt doch, dass er bei Hochzeiten immer in Tränen ausbricht – und, ja, weiß deine Mutter das?«) und ging dann ins Haus, um Nicoleta zu holen. Sie lag noch immer unter dem Bett, zwischen den zusammengerollten Schlafsäcken mit den Tiermotiven, die dort warteten, bis ihre Neffen und Nichten zu Besuch wären. Sie hatte sich etwas Platz geschaffen: Kartons voll mit Büchern und DVDs, die Varja seit Jahren aussortieren wollte, hatte sie zur Seite geschoben. Sie starrte auf den Lattenrost über ihr und pulte in der weichen Matratze herum.

Nicoleta war für Varja hergezogen. Sie war jung gewesen, gerade einmal neunzehn. Sie war aus der Gegend gekommen, wo die Berge am höchsten sind, einem Dorf mit noch wenigeren Einwohnern als Utsjelinavka. Ihre Mutter war eine »von uns«, eine Besulianerin, hatte sie erzählt, als sie zum ersten Mal bei einem unserer Tanzfeste teilgenommen hatte. Nicoletas Vater war in dem Land geboren, das nun ihre Straße und den Gemüsegarten in Schutt und Asche legte. Meist kam nur ihre Mutter zu Besuch, eine Frau mit Augen so dunkel wie der tiefste Punkt der Nacht. Kam auch der Vater mit, sprach er kaum. In einem gebügelten Anzug und blütenweißem Hemd stieg er aus dem klapprigen roten Auto. Sein Schnurrbart saß perfekt über seinem Mund und hatte genau die richtige Länge. Nicoleta und Varja führten ihn bei jedem Besuch auf der gleichen Runde durch das Dorf: Zjenjas Supermarkt, das Dorfhaus, in dem die Leute Schach oder Karten spielten, Baba Yaras Haus, der alte Baum, und zum Schluss eine Tasse Tee bei Mara. Er tat nichts anderes als schweigen und lächeln. Nicken, schweigen, lächeln. Und ab nach Hause. Das ganze Dorf winkte ihm und Nicoletas Mutter zum Abschied hinterher, so wie wir das bei Besuch machen.

»Er spricht nur in unserem Haus«, erzählte Varja einigen von uns bei einem Waldspaziergang. »Bevor er wieder aufbricht, will er sich immer auf die Holzbank im Flur setzen, zwischen mich und Nicoleta. Dann hält er unsere Hände und singt ein kurzes Lied in seiner Sprache. Für Sicherheit und Glück, sagt er dann. Sein Vater hat das auch immer so gemacht. Und sein Großvater. Eine Familientradition.«

Nicoleta erzählte, warum ihr Vater mit uns nicht redete: »Sein Akzent würde in die Ohren aller schneiden, wie ein scharfer Wind.«

Nicoleta zupfte an den Fusseln der Matratze, hörte Varja draußen mit ungewöhnlich gebrochener Stimme bestürzt über die mittlerweile tote Henne reden.

»Noch einmal.« Annas Worte wehten durch das offene Schlafzimmerfenster herein. »Erzähl noch einmal, wie du aus dem Schlaf gerissen wurdest.«

»Jetzt reicht's aber«, murmelte Nicoleta, »wenn selbst mein Patenkind da draußen steht, kann ich das auch.«

Gerade als sie unter dem Bett hervorkriechen wollte, betrat Baba Yara das Zimmer und legte sich mit einem tiefen Seufzer und einem leisen »Verflucht nochmal« auf den Teppich. Nicoleta drehte den Kopf und schaute direkt in die Augen der Stara.

»Die Henne ist tot«, sagte Baba Yara, »und ich habe noch eine hinten im Garten liegen sehen, unter einem großen Kürbisblatt. Varja hat sie noch nicht entdeckt, aber ich denke, es wäre klug, wenn du das Tier da herausfischen würdest.«

Nicoleta setzte sich auf die Bettkante und betrachtete die Frau, die sie nun schon seit vierzehn Jahren kannte. Das Licht vom Treppenabsatz fiel in einem schmalen Streifen auf Baba Yaras Gesicht, das plötzlich einer Berglandschaft glich: ihre Runzeln schmale Ausläufer von Gletscherströmen, die Wangen glühende Hügel.

»Weißt du noch, wie du mich damals im Winter willkommen geheißen hast, als ich Varja zum fünften Mal besucht habe?«

»Ja, natürlich. Wir haben mit Salz, einem geflochtenen Brot und Butter auf dich gewartet.«

»Mein Vater meint, du wärst eine Ausnahme. Die Stara in seinem Dorf spricht kaum mit den anderen Dorfbewohnern.«

Baba Yara legte ihr die Hände auf den Bauch. »Dann ist sie ein albernes Ding. Das mutwillige Züchten von bösem Blut habe ich nie verstanden. Ich meine, in einem leeren Garten, in dem man noch alles machen kann, pflanzt man doch schöne Blumen, die für niemanden gefährlich sind, und keine Maiglöckchen.«

Sie nahm Nicoletas Hand in ihre und drückte sie. »Die zweite Henne, komm. Das überlebt Varja sonst nicht. Du weißt doch, wie er ist.«

Im Gemüsegarten stolperte Anna mit der Kamera hinter Varja her. Die tote Henne hatte er sich wie einen platten Fußball unter den Arm geklemmt. Er ging durch die Beete, bückte sich gelegentlich und sammelte Granatsplitter auf. Baba Yara kam herbei und sagte: »Ach, Junge, dein liebes Huhn.« Sie streichelte das tote Tier und nahm dann Varja fest in den Arm. Er weinte, drückte seinen Kopf an ihre Brust. Während sie beruhigend auf ihn einredete, gab sie Nicoleta ein Zeichen: jetzt! Nicoleta huschte durch den Garten, suchte im Kürbisbeet nach der Henne. Sie hatte einen tiefen Schnitt im Hals. Als Nicoleta die Henne hochhob, fiel der Kopf auf den Boden wie ein abgebrochener Zweig vom Baum.

»Herrje«, rief sie, »was für eine Sauerei.«

Varja befreite sich aus Baba Yaras Umarmung und drehte sich zu seiner Frau um, die das Tier mit ausgestreckten Armen von sich hielt.

»Du weißt, was man sagt. Der Teufel kommt zuerst zu den Tieren, um dich zu quälen und zu sehen, wie viel Kummer du ertragen kannst. Um dich zu piesacken, nimmt er Unterhosen von der Wäscheleine, lässt Eimer verschwinden, Bücher und Kerzen und alte Tücher, die deinen Urgroßeltern gehört haben.« Er streichelte die alte Henne. »Anna, du kannst ruhig filmen«, sagte er mit einer Stimme, die wir nicht von ihm kannten. In der Ferne gingen die Explosionen und Gewehrsalven wieder los, eine ganze Serie. Vor Schreck ließ Nicoleta das Huhn fallen.

»Mach schon. Und achte auf die Beleuchtung. Das ist jetzt wichtig.«

Anna führte Mara mit der Lampe in eine andere Ecke des Gartens. Nicoleta, Varja und unsere Stara waren so gut zu erkennen.

»So fängt es an. Der Teufel kommt wegen des Bodens. Er macht die Erde unberechenbar. Dinge verschwinden, nichts ist mehr an seinem Platz, nicht die Gabeln, die Teller, die Socken, deine Pullis. Du weißt nicht, wo die Schlüssel geblieben sind, lässt deshalb die Türen offen stehen. Du vergisst, ob du gefrühstückt hast. Die Schlaglöcher in den Wegen werden tiefer, ein Baum verschwindet von einem Feld, du hörst morgens kein Vogelgezwitscher mehr. Du weißt nicht mehr, über welchen Grund und Boden du gehst, wem gehört er, dir? Und genau dann, wenn du das nicht mehr weißt und die Kraft, die du sonst zu Hause spürst, nicht mehr in deinem Körper steckt, dann schlägt er zu.«

Anna hielt die Kamera ganz still, versuchte, sich nicht zu bewegen, nicht zu atmen. Ihre Oma, die abwechselnd das arme Huhn und Varjas Arm streichelte, nickte zustimmend.

»Wir müssen tanzen«, sagte Nicoleta. »Anna, alle Menschen, die uns jetzt zusehen, müssen tanzen. Baba Yara soll es noch einmal haargenau erklären. Lasst uns bei Sonnenaufgang damit anfangen. Aber hier im Garten, damit die Leute sehen, wie ernst die Lage ist.«

Mara geht zum Internetmodem in der Ecke und dreht es um. Es ist nicht gut, ständig auf die Lämpchen zu schauen. Sie holt einen Hocker und setzt sich daneben.

»Wenn es wieder funktioniert, rufe ich laut«, sagt sie.

»Gute Idee«, sagt Varja, der immer noch mit dem Kopf auf den Knien dasitzt.

Wir setzen uns neben ihn. Zwei von uns lehnen ihren Kopf an seine Schulter. Vom Flur dringt manchmal Baba Yaras Stimme herüber, die auf einem der Videos den Tanz erklärt, und Varjas Stimme, die von Granatsplittern berichtet und vom Bösen: »Der Teufel kommt zuerst zu den Tieren.«

Das Modem blinkt endlich wieder. Mara lächelt. Auf unseren Bildschirmen beginnen verschiedene Videos auf Annas Account fröhlich durcheinander zu reden.

»Willkommen in unserem Dorf im kleinen Land Besulia!« … »Hallo! Ihr habt bestimmt noch nie von meinem Land gehört und darum bin ich in eurem Feed. Ich möchte, dass ihr es kennenlernt, denn: Es. Ist. Wunderschön. Hier. Wunderschön!« … »Dies ist unser ältester Baum!« … »Hey, meine lieben Follower! Kennt ihr schon meine Nachbarin Mara?«

Im Flur steht Anna auf. Das Video ist fertig geschnitten. Sie kommt in den Saal und strahlt uns an.

»Funktioniert das Internet wieder?«

Mara nickt.

»Gut, dann lade ich jetzt Teil eins des *Svaboda Samoverzjenja* hoch.«

Der Supermarkt an der Hauptstraße ist so gut wie leergekauft. Wir stehen in einer Gruppe vor der Ladentür und schauen auf die auf A4-Papier geschriebenen Angebote der letzten Woche, die im Schaufenster hängen: *Koteletts, 4 zum Preis von 3; Milch, fast abgelaufen, 25% reduziert; 24 Flaschen Sprudelwasser für nur 69,99 statt 79,99.* Baba Yara steht hier, Zjenja, der den Supermarkt von seinem Vater übernommen hat, neben ihr.

»Die Brücken nach Süden und Osten sind beide zerstört«, sagt er niedergeschlagen. »Die Lastwagen kommen nicht durch und kehren um. Einige wurden sogar beschossen.«

Anna steht auf den Stufen vor dem kleinen Laden, hört den anderen eine Weile zu und geht dann mit der Kamera in der Hand hinein. Sie drückt auf *record*.

»Seht ihr das? Fast alle Regale leer. Das ist unsere Realität, Leute. Der Krieg zerstört unsere gesamte Infrastruktur, die Regale werden leer bleiben.« Sie stellt die Kamera auf die Verkaufstheke zwischen die Kasse und einem Lutscherkarussell, korrigiert den Weißabgleich und geht ein paar Schritte rückwärts, bis sie vor vier Regalen steht, in denen nur noch ein paar Flaschen Make-up-Entferner, Chips mit Krabbengeschmack und Keksrollen liegen.

»Deshalb tanzen wir. Deshalb tanzen gerade fünf Leute bei dem alten Ahornbaum den *Svaboda Samoverzjenja*. Damit die Regale in diesem Laden bald wieder gefüllt werden können. Habt ihr alle den ersten Teil des *Svaboda Samoverzjenja* schon eingeübt? Ich habe ein paar gute *moves* in euren *reaction videos* gesehen! Supercool!«

Mara kommt rein. Sie sieht müde aus. Sie geht nach hinten, öffnet eine Gefrierkühltruhe.

»Du bist durchs Bild gelaufen«, sagt Anna gereizt. Mara zieht den Kopf aus der Truhe und sieht sie an.

»Oh, entschuldige.«

»Ist schon gut, ich schneide dich raus.«
»Prima.«
Triumphierend hält sie eine Tüte Röstkartoffeln in die Höhe, geht zum Kühlregal und findet noch Butter und Feta.
»Mara?«
»Was?«
»Der Ton läuft.«
Anna drückt noch einmal auf *Aufnehmen* und geht ein Stück zurück.
»Tanzt bitte weiter! Danke! In ein paar Tagen tanzt meine Oma, Baba Yara, für euch den zweiten Teil! *You'd better be readyyyyy*! Tschüüüsssiii!«
Von einem Regal aus beobachtet Mara Anna. Betrachtet das gekünstelte Lächeln, ein Lächeln, das wir auch manchmal aufsetzen müssen, wenn sie filmt, um es der Welt vorzuführen, einer Welt, die täglich Kommentare hinterlässt, wie: *OMG so schrecklich! Stay safe! Haltet durch, wir hören und sehen euch!*
»Glaubst du, du könntest mit diesem Lächeln auch Medikamente für meine Mutter besorgen?« Mara legt das abgezählte Geld für Feta, Butter und Rösti auf die Verkaufstheke.

❊

Wir haben sie gebeten, es bleiben zu lassen. Trotzdem fährt Mara zu ihren Eltern, um ihnen die Medikamente zu bringen. Ein großes schweres Knäuel dreht in unseren Mägen seine Runden, vor Nervosität ist uns übel. Wir bringen kaum einen Bissen runter und schweigen den ganzen Morgen. Mara ist die Erste, die das Dorf verlässt, seitdem das alles begonnen hat. Wahrscheinlich werden wir bald langsam auseinanderbrechen, wie ein kranker Baum: Erst bricht ein Ast ab, dann wird er von etwas befallen, die Rinde wird schwarz, wir verlieren Blätter, Insekten bohren sich in unsere Borke, bis nichts mehr von uns übrig ist. Indem wir kleine Tanzschritte machen, versuchen wir, solche Gedanken aus unseren Köpfen zu vertreiben, als wir uns von Mara verabschieden. Wir beobachten die Sonne, die heute langsamer als jemals zuvor hinter den Bergen hervorkommt. Es ist uns also nicht gelungen. Wir denken in diesen Tagen immer wieder an die kurze Flut von Fernsehbildern über den Krieg in Upasi. Kurz nach den ersten Explosionen in der Ferne erinnern wir uns an damals.

Wir erinnern uns vor allem an ein Interview eines Journalisten aus dem Ausland mit einer Frau auf der Flucht. Sie zog zwei kleine Kinder hinter sich her. Wo ihr Mann war, wollte sie nicht sagen.

»Werden Zivilisten angegriffen?«, fragte der Journalist.

»Noch nicht, aber wir gehen trotzdem. Ich habe kein gutes Gefühl.«

Die Frau sollte Recht behalten. Schon bald wurde nicht nur die Zivilbevölkerung angegriffen, auch Kriegsfotografen und Fernsehteams aus dem Ausland wurden erschossen oder davongejagt. Einheimische Journalisten verschwanden spurlos oder wurden von feindlichen Truppen beschossen. Nach zwanzig Tagen gab es keine Nachrichten mehr aus Upasi, nicht in den Zeitungen, nicht im Radio, nicht im Fernsehen. Upasi wurde zu einem schwarzen Fleck auf der Landkarte. Erst Monate später, als die ersten Geflüchteten ankamen, gab es auch Berichte. Ein Mann, Tamaz, der hier nur mit einem Rucksack angekommen war, erzählte Varja seine Geschichte, nachts unter dem alten Baum, als wir anderen schon schliefen.

»Was ich dir jetzt erzähle, eignet sich nicht für jedes Herz«, warnte er Varja. »Willst du das wirklich hören?«

Varja nickte und hielt Tamaz' Hände.

»Also gut. Zwei Soldaten stürmten mein Haus und schleppten mich und meinen siebenjährigen Sohn nach draußen. Meine Frau war am Abend vorher nicht nach Hause gekommen. Sie war zu ihrer Schwester gegangen, um Brot zu backen und ein Huhn zu schlachten. Ich wusste nicht, wo sie geblieben war. Ihre Schwester wohnte am anderen Ende des Dorfs. Ich sagte den Soldaten, dass ich auf meine Frau wartete und fragte, ob die beiden sie vielleicht gesehen hätten. ›Sie hat pechschwarzes Haar‹, sagte ich, ›leuchtend grüne Augen, und ihre Lippen haben die Form von Mandeln.‹ Das interessierte sie kein bisschen. Wir mussten uns im Garten hinknien, mit dem Rücken zum Haus. Sie packten meinen Sohn und schossen ihn vor meinen Augen nieder. Mich schleppten sie an den Haaren zum nahe gelegenen Dorfteich. Drei junge Männer und ein paar alte Frauen wateten nackt durchs Wasser. Sie schrien und heulten. Plötzlich kamen weitere Soldaten, sie schleiften tote Dorfbewohner hinter sich her. Sie warfen die Leichen ins Wasser und Granaten gleich hinterher. Es wurden immer mehr. Mich zwangen sie auf die Knie. Ein Soldat holte sein Messer raus und schnitt einer Leiche ein Auge aus. Das hielt er mir vors Gesicht. Es sah seltsam aus, so ohne Augenbrauen, ohne Wangen. Ich konnte kaum noch atmen, mir wurde übel. Sie töteten mich nicht, sondern ließen mich in dem Leichenberg zurück.«

Tamaz hatte den Mond angestarrt und Varjas Hände gedrückt. »Ich dachte, dass es diese Bilder sein würden, die mich verfolgen, aber es sind die Geräusche und Gerüche. Von erschöpften Kindern, die nicht mehr laufen wollten, von Taschen die gegen Haut scheuerten, von den alten Frauen im Teich, wie sie in Panik mit der flachen Hand auf die Wasseroberfläche eindroschen.«

Varja sagte, dass er, Baba Yara und die anderen aus dem Dorf für sie getanzt hatten, in der Hoffnung, Menschen zu retten.

»Entschuldige, dass wir zu spät damit angefangen haben. Wir haben nicht gedacht, dass es so schnell gehen würde.«

Mehr sagten die Männer nicht, sondern weinten still. Varja erzählte uns diese Geschichte erst Jahre später, nachdem wir einen Brief von Tamaz erhalten hatten, in dem stand, dass er wieder in Upasi war, um sein Haus aufzubauen, das Dorf. Im Briefumschlag lag ein Tütchen mit Samen von Blumen, die bei ihm auf dem Berg wuchsen.

»Ich hoffe, ihr denkt an meine Frau, meinen Sohn und mich, wenn diese prachtvollen dunkelvioletten Blumen blühen«, hatte er geschrieben, »sie sind unverwüstlich und wachsen einfach überall.«

Eine violette Blüte liegt auf Maras Armaturenbrett.

»Für eine gute Reise«, sagt Nicoleta. Alle zusammen sind wir noch einmal die Route durchgegangen: »Unser Dorf ist ja fast umzingelt, diese Straße ist mittlerweile vermint, dort wurde heute Nacht heftig geschossen.« Fast an jedem Weg und jeder Abzweigung kennt Zjenja jemanden, den er schnell noch anruft: Falls etwas passiert, kann Mara bei diesen Leuten unterkommen. Nicoleta teilt die Route in unserem Dorf-Chat, obwohl Mara ihren Standort freischaltet. Wir werden sie auf ihrer gesamten Reise verfolgen können. Als sie losfahren will, reicht Baba Yara ihr ein weißes Tuch durch das heruntergekurbelte Fenster. Unsere Stara hat ein einziges Wort darauf gestickt: *Mensch*.

»Man kann nie wissen«, sagt sie. »Es gibt überall Idioten.«

Anna filmt, wie Mara das Tuch auf die Ablage unter der Heckscheibe legt und losfährt. Sie hupt viermal, wie wir alle das zu tun pflegen, wenn wir wegfahren. Das letzte Hupen ziehen wir dabei in die Länge. Als das Auto ins Tal fährt und außer Sichtweite gerät, stellt sich Anna vor die Kamera: »In schweren Zeiten müssen wir alle schwere Entscheidungen treffen. Maras Mutter ist krank, ihre Medikamente sind fast aufgebraucht. Ich habe euch vor Kurzem gebeten, Mara zu helfen, die Medikamente sind vor zwei Tagen mit einer Drohne hier angekommen. Ein Wunder! Jetzt fährt Mara das Paket zu ihren Eltern. Sie leben drei Stunden von hier in einer Gegend, die die Drohne nicht erreichen kann. Wenn alles gut geht, wird Mara heute Abend zurück sein.«

Gestern Abend, bei der Vorbesprechung für die Dreharbeiten zum zweiten Teil des *Svaboda Samoverzjenja*, hatten Anna und Mara sich gestritten: »Die Leute sehen dich seit Jahren in meinen Videos«, schrie Anna, »Es wird ihnen dann nur noch darum gehen. Was mit dir passiert ist. Keine Sekunde werden sie mehr an den Tanz denken. Verstehst du eigentlich, was du uns antust?«

Wir haben Anna noch nie so wütend gesehen, ihre Augen glühten wie die Augen ihrer Mutter, als diese einmal von einem Teppichverkäufer hereingelegt wurde. Es war ein wahres Fest, als wir ihn unter einem Vorwand ins Dorf zurückgelockt hatten, und sie ihn mit einem Teppichklopfer durch die Straßen trieb, ihre Augen voll heißer Kohlen.

»Uns?«, hat Mara zurückgeschrien. »Hast du jetzt völlig den Verstand verloren? Weißt du, wem ich etwas antue, wenn ich morgen nicht fahre? Meiner Mutter. Ob sie nun eine Granate trifft oder nicht, wenn sie die Medikamente nicht kriegt, stirbt sie in jedem Fall.«

»Aber wenn bald all meine Follower tanzen, ist doch auch sie gerettet? Dann kann sie sich ihre Medikamente selbst abholen. Wir müssen morgen den zweiten Teil aufnehmen. Du und Nicoleta, ihr tanzt nach meiner Oma einfach am besten.«

Mara hatte sich vor Anna hingekniet und ihr den Kopf auf den Schoß gelegt.

»Wir werden das hier nicht gewinnen, nur weil irgendwer, der uns nicht kennt, ein paar schlappe Tanzschritte macht«, hatte sie mit gedämpfter Stimme an Annas Oberschenkel gesagt. »Kapier das endlich! Früher, ja, da hat das noch funktioniert, das Tanzen. Da gab es noch nicht so viele Raketen, Granaten und diese gigantischen Fliegerbomben, von denen ich nicht weiß, wie sie heißen, erst recht nicht. Damals hatten die Menschen noch Angst davor, was die geballte Kraft des Widerstands gegen das Böse ausrichten kann. Jetzt haben sich so viele Menschen dem Bösen ergeben, es wuchert in ihnen wie ein Schwamm, der überall hineinkriecht und alles Gute aufsaugt. Dagegen können wir nicht antanzen. Upasi war das letzte Mal, dass wir etwas ausrichten konnten: Wir können vielleicht einen oder zwei Menschen retten. Aber das war's auch schon, Anna.«

Anna fing an zu weinen.

»Wir dürfen nicht den Mut verlieren, was bleibt uns sonst noch?«

❈

Unsere Körper scheinen mit einem Mal außer Kontrolle zu geraten. Die Füße prickeln nachts unaufhörlich, wir können die Beine nicht stillhalten. Manchmal zieht sich ein Muskel unter einem Auge zusammen, sodass es stundenlang zuckt. Wir fühlen uns, als hätten wir zu wenig Gewicht, um Kraft auf die Erde auszuüben. Unsere Hände zittern, auch wenn wir genug gegessen haben. Unser Herz ist ein Stück verrutscht: Von der sicheren Stelle hinter den Rippen hat es sich nach oben in unsere Kehle geschlichen. Dort pocht es den ganzen Tag gegen das Gaumenzäpfchen, unsere Stimme überschlägt sich, wenn wir sprechen. Die kleinsten Dinge erschrecken uns: Türen, die zuknallen, heißes Wasser, das in einen Topf gegossen wird. Manche meinen, dass der *Svaboda Samoverzjenja* langsam ihre Körper verlasse, dass die Tradition, die wir jahrhundertelang in uns getragen haben, von Körper zu Körper, von Mensch zu Mensch, bei der letzten Generation angekommen ist. »Mit uns wird der Tanz aussterben.«

Wir können nicht mehr so wie früher miteinander plaudern, als wir von Haus zu Haus spazierten, auf einer Bank im Garten saßen, uns noch rasch auf dem Parkplatz vor Zjenjas Laden unterhielten oder doch noch die dritte Tasse Tee im Dorfhaus tranken. Denn jetzt schlagen die Raketen auch tagsüber am Dorfrand ein. Wir müssen drinnen bleiben, also schicken wir uns ständig Nachrichten.

Anna sitzt auf der Veranda von Baba Yaras Haus und telefoniert mit ihrer Mutter. »Mam, ich habe aufgehört, nach schönen Orten in der Umgebung zu suchen. Hier gibt es immer weniger Schönes. Die Hälfte des Tages besteht die Aussicht nur noch aus Rauchwolken. Manchmal zischt etwas direkt über meinen Kopf hinweg, und das Geräusch verwirrt mich so, dass ich nicht weiß, in welche Richtung ich rennen soll, wo es sicher ist. In der Erde brodelt es, ich vertraue meinem Körper nicht mehr, alles verschiebt sich.«

Anna hört ihrer Mutter zu, nickt, bejaht ab und zu, antwortet dann: »Mara ist zum Glück wieder da. Etwas an ihr hat sich verändert, sie dreht sich die ganze Zeit um, beteiligt sich nicht mehr an den Gesprächen. Auf dem Rückweg schlug eine Rakete auf der Schnellstraße ein. Das Auto vor ihr fing Feuer und fuhr gegen einen Strommast. Alle Insassen waren auf der Stelle tot. Mama, du fehlst mir, ich will, dass du herkommst. Ich habe Angst.«

Heute ist es so weit: Wir teilen den dritten Teil des *Svaboda Samoverzjenja* mit der Welt. Es ist höchste Zeit. Dieser letzte Part wird spektakulär, sagt jedenfalls Anna.

»Diesmal machen wir es anders«, hat sie uns vor drei Tagen im Dorfsaal eröffnet, »etwas ganz Neues für uns alle: Wir machen einen Live-Stream.«

Dies ist die letzte Gelegenheit, um für unsere achthunderttausend Follower alles zu geben. Wir haben drei Tage an der Dramaturgie gearbeitet und sogar geprobt, als die Waffen kurz stillstanden. Der Live-Stream wird folgendermaßen ablaufen: Wenn es anfängt zu dämmern, gehen Baba Yara, Anna und Varja in den Keller. Baba Yara wird erzählen, wie die aktuelle Lage ist, Anna wird von ihrer Mutter sprechen, die seit drei Tagen versucht, ins Land zu kommen, was aber unmöglich ist. Varja ist zum Beleuchter auserkoren worden. Baba Yara wird schon ihre Tracht tragen. Anschließend werden sie sich auf den Weg zum alten Baum machen. Wir werden uns ihnen anschließen, mit kleinen Taschenlampen in den Händen. Wir wissen genau, wo wir wann sein müssen und den Live-Stream auf unseren Handys verfolgen. Anna, Varja und Baba Yara werden durch das Dorf gehen. Das ausgebombte Haus von Bunika Tamar wird ins Bild kommen, dann Zjenjas Supermarkt. Dort werden wir die Tür öffnen, um den Menschen zu zeigen, dass die Regale immer noch leer sind. Wir werden weiter gehen, vorbei an Varjas Haus, dem letzten Haus vor dem Hügel mit dem alten Baum. Dort oben steht alles bereit: ein Stativ, Lampen. Irgendwie freuen wir uns darauf.

Als es ruhig zu sein scheint, verlassen wir unsere Keller und versammeln uns im Dorfhaus.

»Heute ist vielleicht der allerletzte Tag für unser Vorhaben«, sagt Varja. »Sie haben den Fluss überquert.«

»Wie das denn?«, fragt Zjenja.

»Pontons.«

Varja verbindet seinen Laptop mit dem Beamer und öffnet eine Webseite mit einer Karte von Besulia. Im Liveticker erscheinen die jüngsten Angriffe auf unser Land.

*09:23 Beschuss des Dorfs Hamardzaka und Umgebung*
*09:44 Rakete schlägt auf dem Marktplatz in Vtangitak ein*
*10:02 ein Toter beim Angriff auf das Rathaus in Anhetanalavka*

Sie stürmen ein Dorf nach dem anderen, sie lassen keines aus.

»Wann fangen wir nochmal mit dem Dreh an?«

»Um halb neun. Die Sonne geht um zehn Uhr unter.«

»Weiß jeder, was er zu tun hat?«

Wir nicken. Varja lächelt zufrieden, kurz sehen wir Stolz in seinen Augen aufblitzen. Baba Yara rutscht auf ihrem Stuhl nach vorn.

»Noch etwas anderes: schafft alle Lebensmittel in die Keller. Falls etwas passiert, gehen wir nach unten. Da können wir wochenlang ausharren.«

»Seht zu, dass die Steckdosen funktionieren, oder dass ihr genügend Akkus oder Generatoren habt«, sagt Varja, »aber achtet darauf, dass die Dinger nicht allzu viel Lärm machen.«

Zjenja hebt die Hand.

»Ich habe mir überlegt, dass unser Dorf so gut wie verlassen aussehen sollte. Wir fahren unsere Autos in ein Waldstück, das nicht auf der Marschroute der Soldaten liegt. Wenn ihr habt, legt braune oder grüne Decken darüber. Dann ernten wir unser letztes Gemüse, schließen Fenster und Fensterläden.«

»Sonst noch was?«, fragt Varja.

Wir schütteln den Kopf.

Es ist halb neun. Der Live-Stream läuft. Wir sitzen in unseren Kellern und sehen zu, wie die Zahl der Menschen ansteigt, die uns zugucken. Einige senden Grüße:

*Hallo Baba Yara, wie geht's?*
*Ich bin so was von bereit für den dritten Teil!*
*Go, Baba Yara, bring uns den Tanz bei!*

Unsere Stara räuspert sich.

»Bevor ich anfange zu tanzen, möchte ich noch etwas sagen.« Sie sitzt in der weißen Felltracht auf ihrem Feldbett. »Unser *Svaboda Samoverzjenja* hat ein paar zusätzliche Bewegungen, um das Böse zu verjagen. Diese Bewegungen werden normalerweise nur von Stara zu Stara weitergegeben. Ich habe sie von Bunika Tamar gelernt. Die Bewegungen sind so düster, dass man in sich selbst nach der eigenen Dunkelheit graben muss. Und die will man lieber nicht finden. Eine Dunkelheit, in der selbst der Mond verschwindet. Sie verbirgt sich irgendwo hinter der Leber. Eine frostige Ecke zwischen Magen und Speiseröhre, dort, wo die gefährlichsten Gedanken hausen: eine Gabel in die Hand eines Freundes rammen, ein junges Tier am Nackenfell packen und gegen eine Mauer schleudern, ein Ohrläppchen abreißen, jemandem die Zähne ausschlagen, während man ihn zu Boden drückt, einem anderen den Zeigefinger umbiegen, bis er bricht.

Noch ehe meine Enkelin geboren wurde, herrschte in Upasi Krieg. Das Land schien dem Untergang geweiht. Ich habe lange überlegt, ob ich diese Bewegungen einsetzen sollte, in der Hoffnung, den Upasiern helfen . Wir tanzten damals fast drei Wochen: Ich tanzte auch die schwärzesten Schritte, die übrigen Dorfbewohner den sicheren *Svaboda Samoverzjenja*. Der Krieg dauerte neunzehn Tage. Das reichte, um genug Schaden anzurichten. Das finstere Werk war vollbracht: Die lokale Bevölkerung wurde von Soldaten, aggressiv wie Schäferhunde, aus ihren Häusern gejagt und in Stadien, Theatern und Museen, Kirchen und Scheunen und auf den Feldern zusammengetrieben. Sie erschossen die Upasier, bewarfen sie mit Handgranaten, verrammelten Ausgänge und steckten in Brand. Sie vergewaltigten, mordeten, folterten.

Was ich sagen will: Dies ist kein Heldentanz, versteht ihr? Kein Tanz, der plötzlich alles in fröhliche Farben taucht oder den Schmerz auslöscht. Täuscht euch da bloß nicht. Dieser Tanz zerreißt den Körper von innen, er macht Hände und Beine so schwer, dass man danach nur noch weinen kann oder schreien will. Oder dass man mit einem Stein um den Hals in einem Moor versinken möchte, weil man weiß, das Böse schlummert in einem, und früher oder später wird es ausbrechen. Sich an dieses Böse im eigenen Leib zu gewöhnen, ist lebensgefährlich.

Anna, mein Mädchen, liebe Follower, Leute, wo immer ihr seid, jetzt stehen sie vor unserer Tür. Überrascht mich das? Nein. Die Menschheit ist ihr eigener Teufel. Wir sind wohl dazu geboren, unsere eigene Art zu quälen und in den Tod zu treiben, dem eigenen Bösen zuzusehen, Generation um Generation.«

Die Kommentare strömen herein: Emojis von pochenden oder gebrochenen Herzen, Blumen, ein Mond.

*Was für eine tapfere Frau,* schreibt jemand.

*Weise Baba Yara, wir können so viel von dir lernen, würden doch mehr Menschen auf dich hören!*

*Danke für diese klugen Worte, Baba!*

Baba Yara tanzt, sie macht es gut, wir glühen vor Stolz in unseren Kellern. Über fünfhunderttausend Menschen schauen ihr zu.

Eine Bombe schlägt ein. Vielleicht ganz in der Nähe. Varja lässt die Lampe nicht los. Anna richtet die Kamera unverwandt auf ihre Oma, sie scheint von der Explosion, die auch im Live-Stream zu hören ist, nichts mitzubekommen.

Wir schicken uns im Dorf-Chat Nachrichten: »War das hier?«

Wir sehen Baba Yara die Arme zum Himmel recken, die Apfelsine mit den Händen formen und an der Schale zerren. Der Saft spritzt fast auf die Kameralinse. Wir unterdrücken einen Freudenschrei. Diesmal wird es klappen.

Wieder eine Explosion, noch eine, noch eine.

»Ja, das ist hier«, schreibt Zjenja, »neben meinem Haus. Sie sind da.«

Annas Mutter schreibt: »Ich schaue mir den Stream an, wer ist noch bei Mama und Anna? Varja, Nicoleta, seid ihr auch dort?«

»Nur Varja«, antwortet Zjenja, »die anderen sitzen in ihren eigenen Kellern.«

Im Live-Stream erklingen dumpf unbekannte Stimmen. Wir hören Schritte. Baba Yara blickt nicht mehr in die Kamera. Mit den beiden Apfelsinenhälften in den Händen schaut sie hoch zur Decke. Lauscht.

»Anna, mein liebes Mädchen«, sagt sie. »nimm alles auf.«

Dann wird die Kellerluke aufgerissen. Der Kopf eines Soldaten erscheint im Bild. Er schreit etwas Unverständliches. Varja richtet die Lampe auf ihn, Anna zoomt sein Gesicht heran. Er runzelt die Stirn, spuckt, poltert die Treppe runter und packt Anna.

Die Kamera knallt auf den Boden, schlittert unter das Feldbett. Wir hören Geschrei, einen Schuss.

Das Bild ist weg. Kurz hören wir noch die Stimmen von Varja und Baba Yara. Dann wird es still. Wir pressen uns die Handys an die Ohren, halten die Displays dicht vor die Nase. Hunderte von heulenden Emojis und gebrochenen Herzen schweben ins Nichts empor. Dann wird alles schwarz.

# TONI

## ZWEIEINHALB JAHRE NACH DEM KRIEG IN BESULIA

◐

Der Zug fährt rhythmisch über die Bahnschwellen in die Nacht. *Tadamtadamtadam.* Die Kinder schlafen. Beide halten je eine der Socken in der Hand, mit denen Toni am frühen Abend ein Stück improvisiert hat: Auf der unteren Liege des Schlafwagenabteils spielte sie die tragische Romanze zweier verliebter Socken nach. Die eine Socke war zu eifrig, die andere zu schüchtern. Hinter der Matratze und dem Bettgeländer entwickelte sich eine rasante Hin- und Herklamotte. Die eifrige Socke war von der anderen Socke so angetan, dass sie sie schließlich mit einem Biss verschlang, um dann zufrieden zu schmatzen und zu rülpsen. Alexej und Dina lachten sich schlapp.

Toni betrachtet den schmalen Lattenrost über sich, lauscht dem ruhigen, fast synchronen Atmen der beiden Kinder. Seit sie wachgetanzt wurden, wollen sie immer zusammen sein. Als Toni beim Betreten des Abteils sagte, dass sie sich jeder ein eigenes Bett aussuchen durften, egal welches, oben oder unten, hatten sie zu weinen angefangen. In dem sechzig Zentimeter schmalen Bett liegen sie nun bequem aneinander gekuschelt. Die Hälfte der Zeit scheinen sie sowieso ein einziger Körper zu sein, als wären sie, seit sie wieder leben, zu einem neuen Organismus geworden.

Toni steht leise auf, schiebt die Tür auf und geht hinaus auf den Gang. Sie legt die Hände auf die Griffe des großen Fensters, reckt und streckt sich, dehnt erst das linke, dann das rechte Bein. Ein Stück weiter steht ein Mann in ihrem Alter und schaut ihr zu. Da der Mond scheint, ist sein Gesicht gut zu erkennen. Hübsch ist er. Um den Hals trägt er eine Dog Tag-Kette. Durch das Schaukeln des Zugs klirren die beiden Metallplättchen. Er lächelt und kommt ein Stückchen näher.

»Auf dem Heimweg?«

Toni lächelt zurück und bemerkt, wie er ihr Gesicht studiert.

»Nein, ich bin noch nie hier gewesen. Auch früher nicht, als Kind. Obwohl wir gar nicht weit weg gelebt haben. Wir hätten ruhig Mal einen Ausflug machen können, anstatt immer nur in das Dorf zu fahren, aus dem meine Oma kommt. Dort konnte ich dabei zusehen, wie die Ziege unter dem maroden Baum Jahr um Jahr älter wurde.«

Der Mann lacht.

»Warum bist du dann in diesem Zug? Das ist nun nicht gerade die beste Richtung für eine Vergnügungsreise.«

Toni deutet hinter sich.

»Da schnarchen zwei Kinder. Nee, sie schnarchen nicht. Machen sie nie, glaube ich.«

Der Mann kommt noch näher. Er riecht gut. Geduscht, frisch, wie gemähtes Gras im Frühling.

»Ich bringe sie nach Hause.«

»Nichten? Neffen?«

Sie blickt nach draußen, betrachtet die vorbeiziehende Landschaft. Flaches Land, manchmal hügelig, dann wieder eben. Sie schüttelt den Kopf.

»Ich habe sie wachgetanzt. Ich kenne sie nicht. Es sind Bruder und Schwester.«

»Oh. Und die Eltern?«

»Der Vater war Soldat, mehr wissen sie nicht. Die Mutter ist tot. Mein Kollege und ich haben den DNA-Katalog im Body-Drop-Off-Center durchsucht, aber nichts herausgefunden. Vielleicht liegen sie noch bei jemandem im Haus oder sie sind nicht aufgetaucht. Aber ihre Oma lebt noch. Sie haben mir den Namen ihres Dorfs genannt, ihr Haus aufgemalt. Und von einer blauen Brücke gesprochen.«

»Body-Drop-Off, soso. Um wie viel Uhr kommt ihr morgen an?«

»Fünf nach halb neun. Dann nehmen wir den Bus. Sie zeigen mir den Weg, sobald sie etwas wiedererkennen.«

Der Mann schweigt. Sieht hinter sich.

»Du weißt schon, dass sich das ziemlich verrückt anhört.«

Er lacht. Toni lacht auch, das Lachen steigt in ihrem Bauch auf und fällt dann wieder in sich zusammen.

»Sie sind doch weg, oder?«

»Ja, aber sie besetzen noch zwei Provinzen. Viele Gegenden sind unzugänglich. Zerbombt, kaputt. Manchmal erkennt man die Straßen nicht mehr, oder ganze Dörfer.«

Eine Wolke schiebt sich vor den Mond. Im Dunklen ist es, als würden sie in eine andere Zeit fahren. Der Mann legt Toni die Hand aufs Haar, sie ist von dem Haltegriff ganz kalt.

»Ich bin gut im Aufspüren«, sagt er. Der Mond kommt wieder hervor. Der Mann streicht ihr ruhig übers Haar, federleicht, übt keinen Druck aus, als wäre seine Hand ein Blatt, das von einem Baum sanft auf die Erde segelt, so sanft, dass man beim Zusehen nicht glauben kann, dass es sich so zugetragen hat.

»Was?«

»Sorry, warte mal. Ich fange noch einmal von vorn an. Ich bin Sasha, hallo.«

»Toni. Und die Kinder heißen Alexej und Dina. Aber was hast du gerade eben gesagt?«

»Äh. Ja. Okay. Also, das ist mein Job. Leichen aufspüren. An Kriegsschauplätzen. Dort, wo es in den letzten zweieinhalb Jahren ein Gefecht gab, einen Bombenangriff, wo Minenfelder sind, Schützengräben, ein ausgebrannter Panzer, ein eingekesseltes Dorf, aus dem viele Menschen spurlos verschwunden sind. Wir suchen nie wahllos drauflos. Erst gehen wir alle Informationen durch: Wo wurden Zivilisten angegriffen, wohin sind sie geflohen, in welche Richtung?« Sasha schließt die Augen, lächelt und starrt auf den Boden. »Wir fahren mit dem Finger über die Landkarte und legen die Routen fest. Manchmal geht es um drei Leichen, manchmal um zweihundertsechsundvierzig, dann wieder um elf. Die Orte, zu denen wir fahren, sind verlassen, aber es ist dort immer noch gefährlich. Das habe ich gerade gemeint. Sie sind zwar fort, aber der Krieg ist noch nicht vorbei. Die Aufräumarbeiten dauern oft länger als der Krieg selbst. Nicht nur die Städte und Dörfer müssen wiederaufgebaut werden, man muss auch die Menschen heilen, sie erst einmal finden, ihnen helfen, lebend oder tot. Das dauert seine Zeit.«

Toni nickt und schaut auf den Teppich.

»Ziemlich leichtsinnig von mir, dorthin zu fahren.«

»Der Zeitpunkt ist günstig«, beruhigt Sasha sie, »und die Menschen kümmern sich sehr gut um die Kinder. Es gibt auch wieder ein paar schöne Ortschaften, die meisten Schulen sind wieder geöffnet, es gibt sogar eine Handvoll Psychologen. Ihre Oma wird schon wissen, was zu tun ist. Es gibt aber auch seltsame Geschichten. Ich habe von einer Familie gehört, die aus der besetzten Stadt geflohen war und nach der Rückeroberung nach Hause zurückkehrte. Viele Häuser in ihrer Straße waren geplündert worden. Bei den Nachbarn fehlte alles Mögliche. Autos, Schmuck, Waschmaschinen, Computer, Jacken, Fernseher, Abendkleider, Mikrowellen. Sogar eine Eieruhr, die die Form eines Huhns hatte, war weg. Als die Familie nach Hause kam, befürchtet sie also das Schlimmste. Und was stellte sich heraus? Alles stand noch an seinem Platz. Lediglich das Schloss an der Wohnungstür wies Einbruchspuren auf, das Holz war gesplittert, aber als sie eintraten, war alles unverändert. Komisch, oder?

Die Mutter schickte die beiden Töchter in ihre Zimmer, damit sie nachsehen, ob tatsächlich nichts fehlte. Der Vater, der wie ich in der Armee gekämpft hatte und jetzt, nach dem Krieg, seine Frau und die Kinder an der Grenze abholen konnte, durchsuchte die Küche, Stück für Stück, Schublade für Schublade. Vorsichtig öffnete er die Schränke, als wäre er auf Patrouille. Seine Frau tat dasselbe im Bad und im Arbeitszimmer. Es sah aus, als wären sie erst gestern weggegangen, in den elf Monaten ihrer Abwesenheit hatte sich nur eine Staubschicht über alles gelegt. Die Eltern setzten sich auf das Sofa, schauten sich im Wohnzimmer um und hörten zu, wie die Töchter ihre Kuscheltiere begrüßten, ihre Lieblingsbücher, ihr Spielzeug. Alles schien wie immer zu sein, bis die Mutter aufstand, um zum Supermarkt zu gehen und rasch noch einen Blick auf die Fotos warf, die auf dem Klavier standen. Das Hochzeitsfoto ihrer Eltern stand an einer anderen Stelle. Vorsichtig trat sie näher. Wie glücklich ihre Mutter in dem Leinenkleid und mit den geflochtenen Haaren voller Blumen aussah. Sie betrachtete ihren Vater, der schelmisch zur Seite schaute. Betrachtete sein dickes schwarzes Haar, die strahlend blauen Augen, den stattlichen Schnurrbart. Vor dem altmodischen Bronzebilderrahmen mit den anmutig geschwungenen Ecken zeichnete sich eine Linie ab, so breit wie der Rahmen. Diese Linie war mit weitaus weniger Staub bedeckt, wie ein Schützengraben in einem Feld. Sie sah zu den anderen beiden Fotos: eines von ihrem Mann und den beiden Töchtern, eines zu viert. Auf dem schwarz lackierten Holz des Klavierdeckels entdeckte sie zwei weitere Linien im Staub. Sie fuhr mit dem Finger darüber und rief: ›Nichts wird mehr angefasst.‹ Ihr Mann stand langsam auf. Die jüngste Tochter fing an zu weinen, wenig später auch ihre Schwester. Der Mann bedeutete seiner Frau, dass er sich kümmerte. Er nahm die beiden Mädchen auf den Arm, küsste sie und trug sie nach draußen, in den Innenhof des Wohnblocks. ›Wartet hier. Und haltet euch vom Spielplatz fern!‹ Die Mutter sah aus dem Fenster, ihre Kinder standen dort Hand in Hand. Ihr Mann kam zurück. Eine Nachbarin ging durch den Innenhof. Sie sah die Kinder, schaute durchs Fenster zu der Frau und ihrem Mann und presste die Kinder an sich. ›Ihr könnt gerade nicht nach Hause, nicht wahr? So was kommt vor.‹ Sie winkte der Frau und rief: ›Ich nehme die Mädchen mit zu mir.‹

Der Mann wollte gern etwas Licht machen, überlegte es sich aber anders. Seine Frau zeigte ihm die verschobenen Bilderrahmen und schaltete die Taschenlampe ihres Handys an, um die weniger staubigen Linien zu beleuchten. Er nickte. ›Eins nach dem anderen‹, sagte er. Seine Frau gab ihm das Telefon. Er stellte sich so hin, dass ihre Hand keinen Schatten auf die Rahmen werfen würde. Mit Daumen und Zeigefinger, wie beim Mikado, griff sie nach dem Foto ihrer Eltern, ging in die Küche und legte das Bild auf den Tisch. Sie ging zurück, sah ihren Mann an und machte weiter: er und die Kinder. Danach das Familienporträt. Der Mann legte das Handy auf die Sofalehne. Ihre Schatten an der Wand wurden größer und undeutlicher, je näher sie dem Instrument kamen. Sie warfen sich einen kurzen Blick zu. ›Jeder an eine Seite‹, sagte der Mann. Das Klavier stand nun zwischen ihnen. ›Langsam‹, flüsterte die Frau. Sie legten ihre Hände auf den Klavierdeckel. Die Frau schloss die Augen, zählte rückwärts. ›Drei, zwei, eins.‹«

Sasha räuspert sich. »Weißt du was, Toni?«

»Was?«

»Die verrücktesten Momente in einem Krieg sind die, in denen nichts passiert. Wenn es still ist, das ist unheimlich: Denn was danach kommt, muss schlimm sein. Jedenfalls war mit dem Klavierdeckel alles in Ordnung. ›Vielleicht wollten sie uns nur Angst einjagen‹, sagte der Mann. Er wusste selbst, dass er das nur sagte, weil er sonst verrückt werden würde, und weil er seine Frau beruhigen wollte. Die glaubte ihm natürlich kein Wort und sagte: ›Wozu die ganze Mühe für das bisschen Angst?‹ Sie hatten den Klavierdeckel an die Wand gelehnt. Der schwarze Lack spiegelte ihre Gesichter. ›Was, wenn es nicht der Deckel –‹, murmelte der Mann. Plötzlich erinnerte er sich an etwas, das er dermaßen verdrängt haben musste, dass er meinte, es nicht erlebt zu haben. Einer seiner Kameraden war in ein verlassenes Haus eingestiegen. Es war spät. Der Tag war lang gewesen, der Dienst schwer. Er war hungrig. Dachte: *Vielleicht findet sich hier noch irgendetwas. Etwas Leckeres zum Mitnehmen.* Er fand Kartoffeln, Karotten, ein paar Rüben, jede Menge Konservenbüchsen. *Wo würde meine Mutter das Beste verstecken?*, dachte er, ging in die Hocke und spähte durch die Scheibe im Ofen. Die beiden Backbleche lagen dicht übereinander. Was dazwischen lag, war nicht gut sichtbar, vielleicht etwas Fleisch. Er öffnete den Ofen und zog das oberste Blech heraus.«

Die Schaffnerin kommt aus ihrem Dienstabteil, in dem sie tagsüber auf ihrem Tablet Serien schaut und Tee und Kaffee für die Reisenden kocht.

»Hey, ihr zwei«, sagt sie, »geht es ein bisschen leiser? Der ganze Waggon kann eure Schauergeschichten mitanhören. Die vergangenen Jahre waren grauenhaft genug, könnt ihr sie in dieser Nacht damit verschonen?«

»Entschuldigen Sie bitte, Frau Schaffnerin«, sagte Sasha.

»Kein Problem, lieber Junge. Und vielen Dank für deine Arbeit. Aber mach daraus bitte keine Radioshow.«

Toni nickt. »Verzeihung, schlafen Sie gut.«

»Gute Nacht, ihr zwei.«

Ein anderer Nachtzug fährt in entgegengesetzter Richtung vorbei. Auch in ihm sind alle Lichter gelöscht. Er rauscht vorbei. Für einen Moment gibt es nur Sashas Hand und den kalten Fenstergriff.

»Und dann?«, flüstert Toni.

»Tja. Dann: *Klabam!*«, flüstert Sasha. »Sie hatten eine Granate am Lüftungsgitter festgebunden. Tot. Küche futsch. Und der Mann im Wohnzimmer mit dem Klavier wusste plötzlich: Gefahr droht erst, wenn man etwas Normales tut. Etwas Alltägliches. Verstehst du?«

»Die Tasten.«

»Genau. Der Mann leuchtete mit dem Handy ins Innere des Klaviers. Und da lag sie, die Granate. Der Stift befestigt an einer Saite.«

Sasha drückt Tonis Hand etwas fester.

»Wo steigst du morgen nochmal aus?«

»Äh, ach ja. In der Hauptstadt.«

»Gut, ich auch. Wartet auf dem Bahnsteig auf mich.«

◐

Das Land sieht aus wie ein verwundeter Hirsch: gejagt und dem Tod überlassen. Sie fahren durch Berg und Tal. Die meisten Dörfer sind menschenleer, von manchen Häusern steht nur noch ein Steingerippe. Es gibt Krater neben Klettergerüsten, vielen Wohnblöcken fehlen ganze Hauswände. Toni kann einfach so in die Wohnungen schauen: Gemälde und Regale hängen noch an den Wänden, gemachte Betten, Küchenzeilen stehen schief auf abgesackten Böden, Bücher noch in Schränken, jedes Zimmer hat eine andere Tapete. Sie kommen an verbeulten Gartenzäunen vorbei, an Häusern mit eingestürzten Dächern, einer Kirche mit grauen Kreisen an der hellblauen Mauer – zugespachtelte Einschusslöcher.

Auf der Rückbank liegen die Kinder und schlafen. Sasha biegt auf eine Straße ein, die durch ausgedehnte Felder führt. Er sieht Toni an, fragt, ob es ihr gut geht.

»Ich habe damals mein Land bei Nacht verlassen«, sagt sie. »Der Zug fuhr ohne Lichter. Mein Vater hat darauf bestanden, dass ich diesen Nachtzug nahm, fast hätten wir uns deshalb gestritten. Denn ich wollte unbedingt zum letzten Mal die Berge sehen, die Dörfer, die Städte und die Menschen, die Trockenfisch auf den Bahnsteigen verkauften. Nur um ihn zu beruhigen, habe ich schließlich eingewilligt. Er rannte neben dem Zug her, als der den Bahnhof verließ, winkte mir nach, wie es meine Oma immer getan hatte, wenn meine Eltern und ich für ein paar Tage in unser Haus in der Stadt fuhren: Bis ich außer Sicht war. Als ich zwei Jahre später zu Besuch kam, das letzte Mal, bevor er starb, hatte er wieder gewollt, dass ich den Nachtzug nehme. Diesmal blieb ich stur. Unterwegs habe ich mich dann zu Tode erschreckt.«

»Dann kennst du diesen Anblick ja«, sagte Sasha.

Toni nickt. Sie schaut in den Rückspiegel. Ihre Mutter sitzt zwischen Alexej und Dina und starrt aus dem Fenster. Vor ihnen taucht ein Dorf auf. Es gibt sogar ein Ortsschild.
»Was haben die Kinder gesagt? Wie heißt ihr Dorf?«
»Tetri Goraki.«
»Das muss es sein.« Sasha drückt aufs Gaspedal.

Vor dem ersten Haus sitzt ein alter Mann auf einer Bank. Er sieht aus, als hätte er eigentlich schon vor Jahren sterben müssen, und nun sitzt er da und wartet auf den Moment, in dem es endlich passiert. Als er das Auto kommen sieht, steht er langsam auf und geht ihm, gestützt auf seinen Stock, entgegen. Toni dreht sich zu ihrer Mutter um, die den beiden Kindern die Hände auf die Oberschenkel gelegt hat.
»Noch nicht«, sagt die Mutter, »wenn das das falsche Dorf ist, sind sie bestimmt untröstlich.«
Sasha lässt die Fenster herunter.
»Babka Angelina, lebt die hier?«
»Der Honig ist noch nicht fertig. Kommt in einer Woche wieder. Sagt das auch euren Freunden. Ich habe es satt. Ich bin doch kein Bote!«
Sasha stellt den Motor ab.
»Wir wollen keinen Honig. Wir bringen Alexej und Dina nach Hause.«
»Was?«
»Wir bringen sie nach Hause, guter Mann.«
»Wenn ihr mich veräppelt, steche ich euch die Reifen auf.«
Toni deutet auf die Rückbank. Der Mann steckt den Kopf durch das Fenster und wird kreidebleich. »Himmelherrgott. Wir haben gerade erst eine Zeremonie abgehalten für alle, die wir nicht abholen können. Wir sind alt, versteht ihr, unsere Autos sind Schrott und fallen auseinander, und Geld haben wir auch keins.«
Tonis Mutter steigt aus und läuft die Dorfstraße hinunter auf ein blaues Haus mit grünem Zaun zu. Sie betritt den Garten.

Der alte Mann zeigt nach links. »Angelinas Tochter hat ein Stück die Straße runter gewohnt. Selbst der Keller war weg, so stark war die Explosion. Wir haben gesucht und gesucht. Nichts. Sie und die Kinder waren verschwunden, sie waren die Ersten, wir konnten es einfach nicht kapieren.« Er sieht Toni streng an: »Hast du ihre Mutter auch mitgebracht?«

»Nein, tut mir leid«, sagt sie.

Im Schritttempo fährt Sasha los, der Mann geht hinterher, deutet auf das blaue Haus.

»Da hinten, am Ende der Straße. Wir haben alles aufgeräumt, gefegt. Angelina hat Mohnblumen und Pfingstrosen gepflanzt. Alles wächst. Wunderschön.«

Er greift durchs Fenster und legt Toni die Hand auf die Schulter.

»Drei Familien sind zurückgekommen, einige sind in ein anderes Land geflohen und dort geblieben, andere sind noch immer verschwunden, begraben, oder leben in der großen Stadt. Die Kinder, die hier aufwachsen, leben in zehn Jahren auf einem einzigen Friedhof.«

Im Garten, in dem Tonis Mutter steht, schlurft eine alte Frau in einem weiß-rosa geblümten Kleid zum Zaun.

»Angelina«, ruft der alte Mann, »denk an dein Herz. Sie sind da.«

»Alle?«

»Nein.«

Die Frau klammert sich an den Zaun und sinkt langsam zu Boden.

Sasha öffnet die hintere Autotür, nimmt Dina in die Arme und trägt sie in den Garten. Neben Babka Angelina geht er in die Hocke. Sie betrachtet das Mädchen und nickt. Toni löst vorsichtig den Sicherheitsgurt von Alexej.

Das Haus riecht genau wie das ihrer Eltern: Sonnenblumenöl, Zwiebeln, gekochte Eier und der süße Duft der Blumen. Tonis Mutter sitzt in der Zimmerecke auf Angelinas Bett. Sasha und Toni legen die Kinder aufs Sofa, der alte Mann deckt sie mit einer Decke zu.

»Lass sie schlafen«, sagt er zu Babka Angelina, die sich an den Tisch gesetzt hat und die Augen nicht von ihren Enkelkindern lassen kann. »Tun wir einfach so, als wäre alles nur ein böser Traum gewesen.«

Auf dem Rückweg legt Toni ihre Hand auf die von Sasha.
»Setz mich an einem Bahnhof ab, ich will nach Upasi.«

◐

Toni begrüßt ihren Opa, ihre Oma und ihren Vater. Sie berührt einen Grabstein nach dem anderen. Ihre Mutter sitzt in ihrem Schaukelstuhl auf der Veranda und wippt vor und zurück. Der Garten ist gepflegt, die Rosensträucher sind zurückgeschnitten, Äpfel und Birnen gepflückt, die Büsche gestutzt. Ein paar Fenster stehen offen. Toni setzt sich auf den Stuhl ihres Vaters, auf dem er jeden Morgen seinen Kaffee getrunken hat. Kurz dreht sie sich zum Gartenzaun um und stellt sich vor, wie er auf sie gewartet hat. Dann betrachtet sie die Berge, lauscht den Vögeln und schaut zu, wie sie emsig zwitschernd durch das Tal fliegen.

»Mit dem Fernglas könntest du sie besser sehen«, sagt ihre Mutter.

»Ich bringe es das nächste Mal mit.«

Nachbarin Ina läuft vorbei, winkt ihr zu. »Bist du hier, um den Staub von den Möbeln zu pusten?«

»Ja, sowas in der Art«, antwortet Toni.

»Möchtest du Suppe? Mit frischem Koriander und Lorbeer.«

»Später, Ina.«

»Ist gut, Mädchen, willkommen zu Hause.«

Ihre Mutter hört zu schaukeln auf. Sie blickt der Nachbarin hinterher.

»Also, ich wüsste es«, murmelt sie.

»Mam«, sagt Toni.

»Ist aber so. Ich will meinen Grabstein links von ihm. So haben wir immer im Bett gelegen. Er rechts, ich links.«

»Wird gemacht.«

»Nicht zu viel Text. Kein Blabla, meine ich. Einfach nur meinen Namen.«

# Lisa Weeda

## Aleksandra
Roman

## Der Jahrhundertroman über den Donbas

Lisa Weeda
Aleksandra
Roman
Aus dem Niederländischen von Birgit Erdmann
288 Seiten
Gebunden mit Schutzumschlag
ISBN 978-3-98568-058-0

Auf Geheiß ihrer 94-jährigen Großmutter Aleksandra reist die Erzählerin Lisa nach Luhansk, um das Grab ihres Onkels Kolja zu suchen, der seit 2015 verschwunden ist. Das verfluchte Geburtsland ihrer Oma sei gefährlich und kein Ort für Stippvisiten, warnt der Soldat am Checkpoint. Lisa gelingt die Flucht durchs Kornfeld – und landet plötzlich in der Vergangenheit: im magischen Palast des verlorenen Donkosaken. In seinen unzähligen Räumen entfaltet sich ein packendes Jahrhundertpanorama, das nicht nur die Geschichte ihrer Familie lebendig werden lässt, sondern die Historie dieses ganzen Landes, einer Region, die nie zur Ruhe kommt.

*»Weeda zeigt, was Literatur leisten kann. Keine History-Doku kriegt diese Verdichtung hin.«*

Doris Akrap, taz

*»Ein grandioser Debütroman.«*

ZDF aspekte

*»Ein großes historisches Panorama über die Ukraine, verzwirbelt mit einer Familiengeschichte.«*

Maike Albath, Deutschlandfunk

*»Ein herausforderndes, augenöffnendes Buch!«*

Dorothea Breit, WDR«

kanon verlag